Peter Hacks:
Das Jahrmarktsfest zu Plundersweilern /
Rosie träumt
Zwei Bearbeitungen nach J. W. von Goethe
und Hrosvith von Gandersheim

Deutscher
Taschenbuch
Verlag

dtv

Von Peter Hacks
ist im Deutschen Taschenbuch Verlag erschienen:
Oper (1508)

Ungekürzte Ausgabe
September 1981
Deutscher Taschenbuch Verlag GmbH & Co. KG,
München

ISBN 3-546-43731-4
Umschlaggestaltung: Celestino Piatti
Umschlagfoto: Drei Masken Verlag, München
Gesamtherstellung: C. H. Beck'sche Buchdruckerei,
Nördlingen
Printed in Germany · ISBN 3-423-06329-7

Über dieses Buch
schrieb Walter Hinck in der ‚Frankfurter Allgemeinen Zeitung‘:

„Was Hacks aus Goethes Jugendscherz im nachempfundenen Stil des altdeutschen Fastnacht- und Schönbartspiels, aus dieser – mit Verlaub zu sagen – Nebensächlichkeit gemacht hat, ist zwar weiterhin eine Nebensächlichkeit, aber die gelungenste und hinreißendste, die während der letzten Jahre in unseren Theatern zu beklatschen war: ein Ereignis, von Vers- und Gesangskapriolen und von der Spiellaune ständig sich verwandelnder Darsteller moussierend – Sekt für die Schauspieler wie fürs Publikum... Dergleichen ließ sich aus geistlichen Dramen des 10. Jahrhunderts, aus den dramatisierten Legenden der Stiftsdame von Gandersheim nicht keltern... Hacks amalgamiert, zunächst an Roswithas ‚Gallikan‘ sich anschließend, Motive mehrerer Legendendramen und diese wiederum mit eigenen Erfindungen. Auf eine in Rosvitha (Rosie) umbenannte römische Kaisertochter projiziert er Züge der gläubig-heiteren Autorin des Mittelalters... ‚Legende‘ nennt Hacks sein Stück, aber es ist natürlich eine Antilegende.“

Der Autor

Peter Hacks, 1928 in Breslau geboren, studierte in München Soziologie, Philosophie, Neuere Literatur und Theaterwissenschaft. 1951 Promotion zum Dr. phil. 1955 Übersiedlung in die DDR. 1960–1963 Dramaturg und Theaterdichter am Deutschen Theater in Berlin, seitdem freischaffender Schriftsteller. Mit rund 20 Stücken und Bearbeitungen wurde Hacks zum führenden Dramatiker der DDR. 1966 erhielt er den Lessing-Preis. ‚Das Jahrmarktsfest zu Plundersweilern. Nach J. W. von Goethe‘ entstand 1973; ‚Rosie träumt. Legende in fünf Aufzügen nach Hrosvith von Gandersheim‘, 1974. Beide Stücke wurden 1975 in Berlin uraufgeführt.

dtv
neue reihe
Literarische Beratung:
Horst Bienek

Inhalt

Das Jahrmarktsfest zu Plundersweilern

Nach J. W. von Goethe

Rollen

Herr A, als
Ahasveros
Prinzipal
1. Strolch
Silhouettenreißer
Madame Schauer
Herr B, als
Haman
Mardochai
2. Strolch
Amtsdiener
Bänkelsänger
Muhme
Schauspieler
Magister Schievelbusch
Frau C, als
Esther
Schauspielerin
Marmotte
Gensdarm
Jungfer Schievelbusch

Szene: Auf der leeren Bühne die Schaubude

Erster Akt

Strolch, besoffen.

Strolch Wann,
Wann,
Wann,
Wann,
Wann geht endlich die Musik los?
Haben uns in sauren Stunden
Ohnverdrossen abgeschunden,
Weil ein Anfang seinen Schluß,
Dachten wir, doch haben muß.
Wann, wann, wann, wann,
Wann, wann, wann, wann,
Wann geht endlich die Musik los?
Fertig sind die Musici,
Instrumente gleich zu Hauf,
Auch die Pauke steht allhie,
Warum haut der Mann nicht drauf?
Geht hinter die Bude, singt da weiter.
Wann geht endlich die Musik los?

Prinzipal, aus der Bude.

Prinzipal Wer rast hier? Heide oder Christ?
Man vergesse nicht, wo man ist.
Hier wird gespielt Comödia,
Nämlich die Historia
Von der schönen Esther, die

Des Perserschahs Bett-Compagnie.
Die Perser wieder, wer weiß das heute?,
Waren so sonderliche Leute,
Die einst woanders groß gewesen,
Steht in der Bibel nachzulesen.
– Der Kerl ist weg?
Schaut um die Ecke.
Nein, wie ich sehe,
Will er nicht gern aus meiner Nähe.
– Du, Mensch, du bist am falschen Ort,
Das große Bierzelt hat man dort.
Hier sind die heiligen Regionen
Der schönerfühlenden Personen,
Die gut und schlecht wohl unterscheiden.
Könntst dir auch lassen die Haare schneiden.
– O seht, wie er verstockt geblieben,
Tät mir heraus die Zunge schieben.
Du böse Jugend! Wir waren doch
Selbst einmal vorlaut, scheutens Joch,
Sind wie der Teufel herumgesprungen
Und haben davon Erinnerungen.
Aber heute das, das drückt sich eben
Vor Arbeit und hat ein Innenleben,
Als ob der Welt ein Ende sei.
Ich geh und hol die Polizei.
Ab.

Zweiter Strolch, besoffen.

2. Strolch Wann,
Wann,
Wann,
Wann,
Wann geht endlich die Musik los?

Sitzt sich hier auf harten Bänken
Nicht so weich, als manche denken.
Wenn man so geduldig schwieg,
War es wegen der Musik.

Erster Strolch.

Strolche Wann, wann, wann, wann,
Wann, wann, wann, wann,
Wann geht endlich die Musik los?
Prellt man uns um Ohrenlohn?
Das Entrée war doch nicht klein?
Musici, den ersten Ton,
Denn sonst fliegt der erste Stein.
Wann geht endlich . . .

Schauspielerin, steckt den Kopf aus dem Vorhang.

Schauspielerin
Still, still. Müßt fein still sein.
1. Strolch Schau, Görge, das feine Fräulein.
Schauspielerin
Wollt ihr mich gleich zu Tode kränken?
Wie soll ich mich denn hineinversenken
In all die ausländischen Gefühle
Der schönen Esther, die ich spiele?
2. Strolch Die ist schon was Besonderes,
Sah mein Lebtag nichts Blonderes.
Schauspielerin
So bitt ich, Andacht zu bezeigen.
Der Dienst Apolls beginnt mit Schweigen.
Ab.
1. Strolch Mit fremdem Klang und rarem Sinn
Spricht sie als eine Königin.

Man kann nur staunen, nichts begreifen.
Gehn wir sie in den Hintern kneifen?
Sie dringen hinter den Vorhang. Gewühl.

Stimme Schauspielerin
Noch gefällig, noch?

Marmotte. – Das Gewühl wird stark, die Strolche fliegen, einer nach dem anderen, zur Bude heraus.

1. Strolch Wie sie mich graust, die welsche Dirne,
Trägt das Halsband schon auf der Stirne.
Mich ekelte, bei ihr zu liegen,
Und tät man sie mir mit Gold aufwiegen.
Strolche ab.

Marmotte Ich komme schon durch manches Land
Avecque la marmotte,
Und immer ich was zu essen fand
Avecque la marmotte,
Avecque si, avecque la,
Avecque la marmotte.

Ich hab gesehn gar manchen Herrn,
Avecque la marmotte,
Der hätt die Jungfern gar zu gern,
Avecque la marmotte,
Avecque si, avecque la,
Avecque la marmotte.

Hab auch gesehn die Jungfer schön,
Avecque la marmotte,
Die täte nach mir Kleinem sehn,
Avecque la marmotte,
Avecque si, avecque la,
Avecque la marmotte.

Nun laßt mich nicht so gehn, ihr Herrn,
Avecque la marmotte,
Die Burschen essen und trinken gern,
Avecque la marmotte,
Avecque si, avecque la,
Avecque la marmotte.
Ab.

Amtsdiener, mit der Glocke.

Amtsdiener Gut Ding ich bring,
Ringelring ring.
Es ist so klar als wie die Sonnen,
Das Jahrmarktsfest hat anbegonnen.
Doch schrie ich es nicht laut heraus,
Es wüßte keiner nichts Genaus.
's Gewerb geling,
Gut Ding ich bring.
Es ist ein großer Festesmorgen
Für unsre altberühmte Stadt,
Da sie nach Lebens Müh und Sorgen
Nun ein paar gute Tage hat.
Wenn Naschwerk krachet und Machandel,
Wenn Brummholz tönet, Tanz und Lied,
Wenn aller Handel sich und Wandel
Herein in ihre Mauern zieht,
Dann muß man achten um so mehr,
Daß alles geht in Maßen her.
Drum tut mein öffentlicher Mund
Anitzt des Marktes Ordnung kund.
Gilt für Groß wie Gering.
Ringeling ling.
Obenan am Rathausende
Hat die Geschäftswelt ihre Stände.

Unten auf der Lohgerberseit
Herrscht Bierausschank und Lustbarkeit.
Dann drüben an des Domes Schwelle
Ist der ehrsamen Künste Stelle.
Zigeuner bringen dort und Ringer,
Seilgeher, Stelzer, Reifenspringer,
Zahndoktoren und Bärenhalter
Lehr und Gewinst für jedes Alter.
Auch ist ein Mensch, vom Volk verehrt,
Der die politische Lage erklärt,
Wie Plundersweilern mit Rußland verbündet,
Und worin die tiefe Freundschaft sich gründet.
Doch weil der Platz vier Seiten hat,
Hat nun hier das Gaukelvolk seine Statt,
Die, weil sie anders brotlos bleiben,
Die Verstellung als Handwerk treiben.
Sie fluchen und seufzen und schnattern und
schwören,
Man hat nicht Ohren, das zu hören,
Und steht das liebe Publikum
Und sieht erstaunend auf und um,
Was all der tollen Schwärmerei
Für Anfang, Mitt und Ende sei.
Worum gilts? Was schreien sie wie besessen?
Es gilt ums Abendessen.
Das Amt weiß: 's ist kein Genuß für jeden.
Die Burschen lügen, wenn sie reden.
Verschenken tausend Stück Pistolen
Und haben nicht die Schuh zu besohlen.
Auch leider aus Mangel an Solvenz
Entsteht oft ein Hang zur Indezenz,
– Ich sags auf deutsch für Hinz und Kunzen:
Die arme Sau kennst du am Grunzen.

Doch nun sie halt nichts Rechtes können,
Wir ihnen auch ein Plätzchen gönnen.
Und wird das Ding bedenklich gar –
Es ist nur einmal Markt im Jahr.
Gut Ding ich bring,
Ringeling ling.

Schattenreißer.

Schattenreißer
He, Bruder.
Amtsdiener
Der bin ich nicht, verdammt.
Schattenreißer
Herr guter Freund, will sagen: Herr Amt,
Bitt, mein Lokal mir zuzuweisen.
Amtsdiener Was treibt er denn?
Schattenreißer Tu Schatten reißen.
Amtsdiener Der Blitzkerl, der, eh mans gewärtigt,
Die kleinen, ähnlichen Kleckse fertigt?
Schattenreißer
Der Schattenriß, er ist, mit Gunst,
Der Gipfelzweig der Bildniskunst.
Wenn ihr ein Mensch von Wichtigkeit
Und anerkanntem Einfluß seid
Und nur zu eurer Ehrenlast
Alleine das Gesicht nicht paßt,
Weil euch das bißchen Geist nicht ziert:
Bei mir – flugs seid ihr profiliert.
Amtsdiener Es klingt nicht übel, lieber Mann.
Doch hoff ich, er ist kein Scharlatan?
Schattenreißer
Herr Amt! die neueste Malerei
Gesellt der Wissenschaft sich bei.
Hälts nicht wie einst, wo nach Belieben

Die Pinsel auf der Tafel rieben
Und hieß jede Veränderung
Der Wahrheit eine Auffassung.
Wer dürfte solches sich verstatten?
Gott wirft das Licht, der Mensch den Schatten.

Amtsdiener Mich freut, daß er will redlich sein.
Er stell sich vors Lukas-Lazarett.
Laß mich so am End selbst konterfein,
Hab einen Wanzenfleck überm Bett.
Ab.

Schattenreißer

Seht, Leute, wie des Menschen Wesen
Aus seinem Schattenriß zu lesen.
Der Reihe fort: Zunächst im Kinn
Sitzt Entschlußkraft und Eigensinn,
Daher wir es bei Behördenanträgen
Lieber etwas abschrägen.
Hiernach im Munde ohne Lüge
Spiegeln sich die empfindsamen Züge,
Wo Lippen wie zwei Polster schwellen,
Die kleinen Götterchen sich bald einstellen.
Hiernach die Nase. Bei Mann und Weib
Hat sie Entsprechung am Unterleib,
Ich will sie für Kunden im bräutlichen
Stand gern noch verdeutlichen.
Endlich der Tempel des Geists: die Stirn.
Hinter ihr, sagt Herr Lavater, sitzt oft ein Gehirn.
So daß in einem Schatten schier
Der Elemente alle vier
Beisammen sich finden: Wille, Gefühle,
Sinnlichkeit und Verstandeskühle.
Jedoch in einem gesitteten Land

Lebt der Mensch nicht im Urzustand.
Dies wiederum erkennt man hinten.
Der Haarschwanz zeigt den Wohlgesinnten.
Vorn Jupiter und hinten Zopf,
So ründet sich ein deutscher Kopf.
Ab.

Bänkelsänger, geht im Hintergrund über die Szene.

Bänkelsänger Ja, sogar als Bänkelsänger
Sang Rinaldo schon sein Lied.
Geld her, Leut! dann lebt ihr länger.
Wer ist Dichter? Wer Bandit?
Ab.

Prinzipal.

Prinzipal Gottlob, der Strolch hat sich fortgestohlen.
Hab ihn der Staatsgewalt empfohlen.

Bänkelsänger, kommt wieder, zieht sein Bild auf.

Zwar der Gensdarm zeigt wenig Eil,
Hält lieber drüben Maulaffen feil
Bei der nackenden Meerjungfrau.
Ich nähms, sagt er, zu ernst und genau.
Soll ich die Kunst nicht ernst nehmen?
Wollt mich nicht für sie zu sterben schämen.
Wendet sich, sieht den Bänkelsänger.
Nein!
Mit einer Gebärde unaussprechlichen Schmerzes in seine Bude ab.

Bänkelsänger Die Moritat vom Räuberhauptmann Rinaldo Rinaldini, von Herrn Christian August von Vulpius.

In des Waldes finstren Gründen
Und in Höhlen tief versteckt,
Ruht der Räuber allerkühnster,
Bis ihn seine Rosa weckt.

Gensdarm.

Ruht der Mensch im Pfühl der Sünden,
Bis ihn das Gewissen weckt.

Gensdarm will ab.

Und er schlägt mit Lächeln seine
Augen auf zum Morgenlicht.
Und sie schlingt ihm ihre Beine . . .
Gensdarm kehrt um.
Voll Empörung ins Gesicht.

Gensdarm ab.

Draußen bellen laut die Hunde,
Alles flutet hin und her.
Jeder harrt der Kampfesstunde,
Ladet doppelt sein Gewehr.

Auch der Hauptmann hat geladen,
Tritt nun näher unter sie.
Guten Morgen, Kameraden!
Sagt, was gibts denn schon so früh?

Drüben die Gensdarmen stehen,
Ziehen gegen uns heran.
Nun wohlan! sie sollen sehen,
Ob der Waldsohn fechten kann.

Laßt uns fallen oder siegen!
Alle rufen: wohl, es sei!
Heißa, wie sie ...
Gensdarm.
... zitternd sich verkriechen,
Denn nun naht die Obrigkeit.

Rinaldini, Sohn der Hölle,
Gensdarm ab.
Haut sich mutig kämpfend durch
Und erreicht an öder Stelle
Eine alte Felsenburg.

Zwischen hohen, düstren Mauern
Lächelt ihm der Liebe Glück.
Es vertreibet ihm das Trauern
Dianorens Zauberblick.

Rinaldini, lieber Räuber,
Raubst den Weibern Herz und Ruh.
Ach, wie schrecklich in dem Kampfe,
Wie verliebt im Schloß bist du!

Gensdarm.

Und so wird dem Laster Strafe.
Drum es besser meide du!
Ab.

Prinzipal, sieht aus dem Vorhang.

Prinzipal Kann endlich aufgezogen werden?
Gensdarm gibt das Zeichen.
Wozu dann all des Bürgers Beschwerden,
Wenn ihm hochortlich doch kein Schutz
Erfließet vor dem gröbsten Schmutz?

Glaubte bis heut, Sauerei und Zoten
Seien wenigstens auch verboten.

Gensdarm Uns stört nicht jedes, was ihn stört.
Haben sehr prüfend hingehört.
Der Mann als braver Moralist
Und gottesfürchtig befunden ist.
Beide ab.

Haman, zieht den Vorhang auf.

Haman
Die du mit düstrer Glut mich schauerlich begleitest,
Die Nachtgedanken füllst, des Tages Schritte leitest,
O Rache! wende nicht im letzten Augenblick
Die Hand von deinem Knecht. Heut wägt sich mein Geschick.
Was soll der hohe Glanz, der meinen Kopf umschwebet,
Was nützt, wenn Jedermann mir zu belieben strebet,
Was hilft, wenn mir ein Reich gebückt zu Füßen liegt,
Wenn sich ein Einziger nicht in dem Staube schmiegt?
Ich zieh an ihm vorbei mit meinem Staat und Rittern
Wohl durch des Königs Tor – er sieht nicht Grund zu zittern.
Er grüßt mich nicht einmal. Er hält sich auch für gut.
Und dünkt sich alt und schlau und ist doch nur ein Jud.
Ha! wie Jerusalem in Schutt und Rauch zerfallen,
Hinsinken muß dies Volk und Mardochai vor allen.
O kochte erst wie meins des Ahasveros Blut.
Das ists mit Königen, sie sind oft viel zu gut.

Ahasveros.

Ahasveros
Ei, Haman. Bist du da?
Haman Ich warte hier schon lange.

Ahasveros

Du schläfst auch nie recht aus, es ist mir um dich bange.
Setzt sich.

Haman

Erhabenster Monarch, da deine Majestät,
Wie einem Herrn gebührt, auf Flaum und Rosen geht,
Bleibt deinem Knecht vergönnt, dem Himmel Dank zu sagen
Für dein so seltnes Glück, die Krone leicht zu tragen.
Dein widerborstig Volk, du lenkst es sonder Müh,
Die Kraft muß göttlich sein, von Göttern hast du sie.
Freilich, ein Sterblicher, er dürfte kaum sich trauen,
Von oben immer nur mit Lächeln herzuschauen.

Ahasveros

O ja, was das betrifft, die Götter machens recht.
So lebt und so regiert von jeher mein Geschlecht.
Mit Schweiß hat keiner sich, was ihm gehört, erworben,
Und keiner ist jemals an Sorglichkeit gestorben.

Haman

Wie bin ich, Herrlichster, von Zorn voll und Verdruß,
Daß ich, nicht weil ich will, dein Wohlsein stören muß.

Ahasveros

Es ist wohl deine Pflicht, mir alles, kurz, zu sagen.

Haman

Wo nehm ich Worte her, das Schrecknis vorzutragen?

Ahasveros

Dann zu was anderem.

Haman

Die Juden, kennst du die?

Ahasveros

Ein Volk gewiß? Wohl gar von meinen eines, wie?

Haman

Du gabest ihnen Ruh, sich weit und breit zu mehren
Und sich, nach ihrer Art, in deinem Land zu nähren.
Du wurdest selbst ihr Gott, als ihrer sie verließ

Und seine Prahlerei sie in Verbannung stieß.
Und dennoch danken sie dir wenig, ihrem Retter,
Verachten dein Gebot und haben ihre Götter,
So daß dein Untertan ihr schlimmes Vorbild sieht
Und dem Altar mißtraut, vor dem er sonst gern kniet.
Laß sie, so flehe ich, von ihrer Pflicht belehren,
Und wenn sie störrisch sind, durch ein Gesetz bekehren.

Ahasveros

Mein Freund, ich lobe dich. Du sprichst nach deiner Pflicht.
Doch wies der Weibel sieht, so siehts der König nicht.
Mir ist es einerlei, wem sie die Psalmen singen,
Solang sie Arbeit tun und mir die Steuern bringen.
Ob einer persisch fühlt, ob er gar persisch denkt,
Ist stets recht ungewiß und sei zur Not geschenkt,
Ob fromm, ob unbekehrt sie bei den Weibern liegen,
Der Hauptpunkt scheint mir, daß sie tapfre Kinder kriegen.

Haman

Du, Herr, bist göttlich mit Gelassenheit beglückt.
Doch diese Leute, Herr, sie sind ja ganz verrückt.
Sie scheren keinen Deut sich um dein Tun und Walten
Und treiben ganz allein, was sie für richtig halten.

Ahasveros

Du irrst dich, guter Mann. Wie könnte das geschehn?
Ein jedes muß nach mir und meinem Willen gehn.

Haman

Dies ist, warum ich ja dir ins Gemüte falle:
Daß sie sich selbst nur gleich und anders sind als alle.
Wo einer sitzt, verrät sein schwarzgelockter Bart,
Verrät sein Hochmut gleich die böse Sinnesart.
Ihr Gott, er ist gewiß der Ahrimann, der halbe.
Ein Gott gleicht einer Kuh doch oder einem Kalbe.
Man sieht doch, wie er lebt, man siehet, wie er frißt,
Mit einem Wort, man sieht, woran man mit ihm ist.

Ihr Gott ist unsichtbar, hat weder Herz noch Nieren.
So einer lässet sich viel schwieriger taxieren.
Sie schauen ihn allein, für uns ist er zu blaß,
Durch ihn, so glauben sie, sind sie schon wunder was.

Ahasveros

Noch sind sie ziemlich still.

Haman

Doch wie, wenn sie drauf kämen,
Was tief darinnen schwärt, sich einst herauszunehmen?
In ihrer finstren Brust ist für kein Lichtes Platz,
Nicht für Ahasveros und nicht für Uramatz.

Ahasveros

Doch sind sie, sagt man mir, zur Poesie begabt?

Haman

Wenn du dies glaubst, o Herr, dann hab ich Recht gehabt.
Auf Dinge, die nicht sind, geht stets der Dichter Trachten.
Wie soll man derlei Volk für zuverlässig achten?

Ahasveros

Ach, Ängstlicher, mein Reich steht fest und wohlgefügt.

Haman

Das ist der Grund, weshalb ein loser Stein genügt,
Daß von dem stolzen Bau, wo jeder Ziegel nützet,
Wo, was nicht stützet, hängt, was noch nicht hänget, stützet,
Wo keine Stelle hat, was nicht dem Plan entspricht,
In einem großen Fall die Pracht zusammenbricht.
Ein wohlgefügter Staat kann eher Krieg und Schulden
Als einen Hauch von Kunst und gar von Dichtkunst dulden.

Ahasveros

Dies alles ist sehr wahr, und unwahr, wie zumeist,
Weil was zu starr dasteht, sich brüchig oft erweist.
Du bist zu sehr besorgt und plagst nur meine Ohren.
Auch hab ich übrigens die Duldsamkeit beschworen.

Haman

Wer wagte Widerspruch, allwo ein König schwört?

Doch dies verderbte Volk, es schwatzt und wird gehört.
So lang die Ordnung steht, hat es nicht viel zu hoffen.
Es sieht den Weg des Lärms allein nur vor sich offen
Und nähret insgeheim den noch getuschten Brand.
Ein Windstoß reicht dann hin, so flammt das ganze Land.

Ahasveros

Das ist das erste Mal nicht, daß uns dies begegnet.
Doch unsre Waffen sind durch Übermacht gesegnet.
Wir schicken unser Heer, wir feiern unsern Sieg.
Und sitzen ruhig hier, als wär da drauß kein Krieg.

Marmotte, kommt und sieht zu.

Haman

Ein Aufruhr, angeflammt in wenig Augenblicken,
Ist eben auch so bald durch Drangsal zu ersticken.
Allein durch Witz und Rat nährt sich Rebellion.
Vereint bestürmen sie, es wankt zuletzt der Thron.

Ahasveros

Der kann ganz sicher stehn, so lang als ich drauf sitze.
Man weiß, wie da herab so fürchterlich ich blitze.
Die Stufen sind von Gold, die Säulen Marmorstein.
In Ewigkeiten fällt solch Wunderwerk nicht ein.

Haman

Ach! warum drängst du mich, dir alles zu erzählen?

Ahasveros

So sag es grad heraus, statt mich ringsum zu quälen.
So ein Gespräch ist mir ein schlechter Zeitvertreib.

Haman

Ach! Herr, sie wagen sich vielleicht an deinen Leib.

Ahasveros

Wie! was!

Haman Es ist gesagt. So fließet denn, ihr Klagen.
Wer ist wohl Manns genug, um hier nicht zu verzagen?

Tief in der Hölle ward die schwarze Tat erdacht.
Dich, der der Sonne gleicht, erwartet nun die Nacht.
Vergebens, daß dich Thron und Kron und Zepter schützen.
Du sollst nicht Medien, nicht Persien mehr besitzen.
In grauser Finsternis trennt die Verräterei
Mit Vatermörderhand dein Lebensband entzwei.
Dein Blut, wofür das Blut Unzähliger geflossen,
Wird über Bett und Pfühl erbärmlich hingegossen.
Weh heulet im Palast, Weh heult durch Susans Stadt,
Und weh! wer deinem Dienst sich aufgeopfert hat.
Dein hoher Leichnam wird wie schlechtes Aas geachtet,
Und deine Treuesten, weh! sind mit hingeschlachtet.

Ahasveros

Ach, ach, was will mir das? Mir wird ganz grün und blau.
Ich glaub, ich sterbe gleich. Geh, sag es meiner Frau.
Die Zähne schlagen mir, die Knie mir zusammen.
Mir läuft ein kalter Schweiß. Schon seh ich Blut und Flammen.

Haman

Ermanne dich.

Ahasveros Ach! ach!

Haman Bewahre deine Ruh.

Ahasveros

Sie morden mich, warum? Schuld bist nur wieder du.

Haman

Wer wahrhaft redlich denkt, du kannst ihn jetzt erkennen.

Ahasveros

Je nun, was zauderst du? So laß sie gleich verbrennen.

Haman

Man muß behutsam gehn. So schnell ist keine Not.

Ahasveros

Derweile stechen sie mich zwanzig Male tot.

Haman

Das wollen wir nun schon mit unsern Waffen hindern.

Ahasveros

Ich lebte so vergnügt als unter meinen Kindern.
Mir wünschen sie den Tod? Das schmerzt mich gar zu sehr.

Haman

Und, Herr, wer einmal stirbt, der ißt und trinkt nicht mehr.

Ahasveros

Nur still, ich bin gefaßt. Es soll dem Erdball grauen.
Geh, laß mir tausend, laß zehntausend Galgen bauen.

Haman

Unüberwindlicher! hier lieg ich, bitte Gnad.
Es wär ums viele Volk und um die Wälder schad.

Ahasveros

Steh auf. Dich hat kein Mensch an Großmut überschritten.
Dich lehrt dein edles Herz, für Feinde selbst zu bitten.
Steh auf. Wie meinst du das?

Haman Gar mancher Bösewicht

Ist unter diesem Volk, doch alle sind es nicht.
Und vor der Unschuld Blut muß sich dein Schwert behüten.
Bestrafen soll ein Fürst, nicht wie ein Tiger wüten.
Das Ungeheur, das sich mit tausend Krallen regt,
Liegt kraftlos, wenn man nur das Haupt ihm niederschlägt.

Ahasveros

Recht wohl. So hängt das Haupt und ohne viel Geschwätze.
Der Kaiser sagt es so, so sagens die Gesetze.
Wer ist der Schurke, dem ich zu lebendig bin?

Haman

Es ist der Mardochai, der Ohm der Königin.

Ahasveros

Ei weh, da wird sie mir kein Stündchen Ruhe lassen.

Haman

Ist er nur einmal tot, wird sie sich wieder fassen.

Ahasveros

So hängt ihn denn geschwind und laßt sie nicht zu mir.

Haman

Wen du nicht zu dir rufst, der darf so nicht zu dir.

Ahasveros

An Galgen fehlts. Ich war allzeit zu leicht gerühret.

Haman

Schon hab ich einen hier vorsorglich aufgeführet.

Ahasveros

Und frag mich jetzt nicht mehr. Ich hab genug getan.
Befohlen hab ich es, nun gehts mich nicht mehr an.
Ab.

Haman

Die nächste Sonne schon sieht Mardochai geschlachtet.
Indessen Haman wächst, je mehr man ihn verachtet.
Er zieht den Vorhang zu.

Nach dem Beifall: Marmotte klatscht. Haman verbeugt sich, geht ab. Marmotte klatscht, Haman verbeugt sich, droht ihm, geht ab. Marmotte klatscht, Haman erscheint nicht mehr.

Zweiter Akt

Marmotte. Auftritt Madame Schauer.

Schauer Da liegt das allerliebste Kind,
Bin froh, daß ich ihn wiederfind.
Mit kühnem Näschen, braunen Wangen,
Mit den Rabenlocken, den langen,
Mit Wimpern fein an den Schelmenaugen,
Könnte fast für ein Mädchen taugen.
Und kommt aus dem hohen Eisgebirg
In unsern heimischen Bezirk
Mit dünnem Wämslein, nacktem Fuß,
Und wird ihm kein Willkommensgruß.
– Du, Junge.

Marmotte Zu Dienst.

Schauer Wie anheben?
Ich fühl das Herz im Busen beben.
– So hast wohl keine Mutter du?

Marmotte Und keinen Vater nicht dazu.

Schauer Ach, der beste Vater ist auch bloß ein Mann,
Aber Mutterhände ist Salbe dran.
So bist du wohl ein Waisenknabe?

Marmotte Mein Murmeltier ist, was ich habe.

Schauer *umarmt ihn*
Wie muß ich innig dich bedauern.

Muhme.

Muhme Je nun! sieh da! die Madame Schauern.

Schauer Du, Junge, geh einmal bei Seit.
Wir treffen uns bei gelegner Zeit.
Gibt ihm Geld, er geht nach hinten.
– Frau Muhme, ei! so teilt sie auch
Des muntern Festes alten Brauch?
Geb sie den Arm. Wir wollen gehn,
Uns rundum tüchtig umzusehn.

Muhme Bewahre. Ich will nicht schnippisch sein,
Aber da geh sie nur allein.
Leb ich nicht schlecht und eingezogen,
Verhäng das Fenster, schließ die Tür,
Mach ich nicht stets einen großen Bogen
Um Lebenslust und Ungebühr?
Da sollte der Gedanke schweigen,
Daß ich mich hier könnt munter zeigen.

Schauer Was führt sie dann des Weges nur?

Muhme Die Wissenschaft von der Natur.
Ließ mir berichten, man fände hier
Das wunderliche Murmeltier.
Es steht die seltne Alpenkatze
Auf kühlen Gletschers schrägem Plan,
Hält eine Kiennuß in der Tatze
Und hebt die Nas und zeigt den Zahn.
Dreht sich wohl gar im Kreis und pfeift,
Daß man sich an den Kopf greift.
Hiervon ist mir zum Ohr gedrungen.

Schauer *beiseite*
Sie nennt das Vieh und meint den Jungen.

Muhme Des Anblicks tät ich mich erfreuen.

Schauer *beiseite*
Des lieben Buben aus Savoyen.

Muhme Und ists nicht dorten? He, zeige dich.
Wo hast du dein Marmottel, sprich?

Marmotte Im Spritzenhaus. Die Frau muß wissen,
Es hat den Herrn Amtsvorstand gebissen
Und kommt erst morgen wieder frei.

Schauer Hört sie? Komm sie morgen wieder vorbei.

Muhme Was, morgen.

Schauer Hat sie nicht begriffen,
Wird weder gedreht heut noch gepfiffen.

Muhme Und soll das Kerlchen drum Hungers leiden?
Sing mir ein Lied.
Gibt ihm Geld.

Schauer *gibt ihm Geld* Nein, sing uns beiden.

Marmotte Zu gütig immer. Zu splendid.
Malbrough s'en vat-en guerre. Das Lied
Erzählt, welch Ungemach der Britten
Marschall im letzten Krieg erlitten.

Malbrough der zog zu Felde,
Mironton ton ton, mirontaine,
Malbrough der zog zu Felde
Mit Eisenhut und -schuh.
– Adieu, Lady Malbrough.
Ich bin zurück im Nu.

Zu Ostern nehm ich Brüssel,
Mironton ton ton, mirontaine,
Zu Ostern nehm ich Brüssel,
Zu Pfingsten nehm ich Brest.
Das schwör ich Ihnen fest,
Falls es sich machen läßt.

Dann fing der Held zu streiten,
Mironton ton ton, mirontaine,
Dann fing der Held zu streiten
Und sie zu warten an.

Ein halbes Jahr verrann.
Wer nicht kam, war ihr Mann.

Ach, es sprengt ein müder Reiter,
Mironton ton ton, mirontaine,
Ach, es sprengt ein müder Reiter
Ins Schloß ums Abendrot.
– Mein Gatte, ist er tot?
– Nein, Madam, keine Not.

Eine Bombe der Franzosen,
Mironton ton ton, mirontaine,
Eine Bombe der Franzosen,
Wie ich selbst gesehen hab,
Verfehlt den Herzog knapp.
Und nur der Schwanz ist ab.

Schauer Der Schwanz! i gitt, welch sündlich Wort.
Der Schwanz! Frau Muhme, nur schleunig fort.

Muhme ab. Die Schauern drückt sich die Ohren zu, bleibt aber, unbewegten Gesichts, am Platze. Schauspieler, steckt den Kopf aus dem Vorhang.

Schauspieler Ruhe da draußen. Man ist zum zweiten
Actus gesonnen fortzuschreiten.
Ab.

Marmotte Ruhe selber. Ruhe da drinnen,
Oder man hebe sich gleich von hinnen.

– Geblieben, ach! im Kriege,
Mironton ton ton, mirontaine,
– Geblieben, ach! im Kriege
Mein Tröster in der Nacht.

Was hat man nach der Schlacht
Mit Churchills Schwanz gemacht?

– Sein Schwanz ich sah begraben,
Mironton ton ton, mirontaine,
– Sein Schwanz, ich sah begraben,
Was an ihm sterblich war.
Die ganze Heeresschar
Bot den Salut ihm dar.

Er lag auf Englands Fahne,
Mironton ton ton, mirontaine,
Er lag auf Englands Fahne,
Ums Haupt den Lorbeerkranz.
Vier bleiche Leutenants,
Sie trugen Churchills Schwanz.

Und dumpf die Trommeln schlugen,
Mironton ton ton, mirontaine,
Und dumpf die Trommeln schlugen
Den Trauermarsch dazu.
So ging zur letzten Ruh
Das Glied vom Stamm Malbrough.

Schauer Zu nett. Doch rasch nach Hause itzt,
Wo man ganz anders beisammen sitzt.
Marmotte Doch werde ich Monsieur nicht stören?
Schauer Schauer wird froh sein, dich zu hören.

Muhme, am Rand der Szene.

Muhme Die Vettel hat mich angeschmiert.
Wie sie die Unschuld karessiert.
Wird ihn gar auf Kontrakt verpflichten,
Das Murmeltier ihr abzurichten.
Schauer Will erst ein Süppchen dir auftragen.

Muhme Gehts nicht zu Herzen, so gehts in Magen.
Schauer Mit Fleisch und Knochen, wies gebührt,
Doch auch mit Liebe angerührt,
Als ob Gott Amor gekocht den Schmaus.
Muhme Da nimmt er wohl gern das Löfflein raus.
Schauer Auch, derweil dir das Maul tut wässern,
Wollt ich dir die Hose ausbessern.
Muhme *kommt*
Madame ist heute übergnädig.
Ist der Herr bereits des Beinkleids ledig?
Schauer Sie hier? Wo man so Schlechtes singt?
Muhme Das Kind ahnt kaum, was es vorbringt.
Der angelernte Schmutz, im Grunde
Fließts ihm wie Engelssang vom Munde.
Ihm fehlt nur tugendlicher Einfluß.
Schauer Den sie auf ihn wohl üben muß?
Muhme Warum nicht?
Schauer Und will ihn geistlich erquicken?
Muhme Wer möcht sich hierzu besser schicken
Als eine Frau, die für unbescholten
Ein braves Leben lang gegolten
Und bürgt von Stand und Alter her,
Daß alles geht in Zucht und Ehr?
Schauer Sie spricht zum Weinen, so erbaulich.
Muhme Der Fratz! er tut mir schon ganz vertraulich.
Das arme Seelchen, wohnt es gleich
Im Finstern, schmeckt das Himmelreich.
Gibt ihm Geld.
Bist du nicht satt, herumzutreiben?
Marmotte Könnt mir schon vorstelln, im Ort zu bleiben.
Schauer *gibt ihm Geld*
Hast nicht auf Bier und Braten Lust?
Marmotte Sind kalte Nächte im August.

Muhme *gibt ihm Geld*
Liegst lieber christlich warm zu Bette
Als auf Heu und Moos, ich wette?
Marmotte Bett ist Bett und wär mir recht,
Auf Heu und Moos liegts sich gar schlecht.
Schauer *gibt ihm Geld*
Spürst gern einmal eine weibliche Hand?
Marmotte Die Damen habens wohl erkannt.
Sah jüngst ein Mädchen Milch verkaufen,
An Brust und Wade angenehm,
Die sprach: wenn beim die Straße laufen
Ich an des Fleckens Meile käm,
– Müßt mich von großen Höfen trennen –,
So könnt ich in der Weiden Grün
Ein Häuschen sehn, 's wär zu erkennen
An Kletterrosen, die dran blühn.
Und könnt, sagt sie, das Fensterlein
Um einen Spalt weit offen sein,
Und wär vielleicht ein Winterquartier
Für Marmotte und sein Murmeltier.
Muhme O wie verdorben!
Schauer Wie gemein!
Marmotte Soll aber mein Geld verdient sein.
Ein ander Lied, ein neuer Spaß.
Beide Pfui pfui!
Drücken sich die Ohren zu.
Marmotte Bitt aber die Damen, daß
Derweil sie schon nicht hören wollen,
Sie mir beim Kehrreim helfen sollen.
Er singt. Die Frauen mit zugehaltenen Ohren und unbewegtem Gesicht, singen aber den Refrain mit.

Fünfzig Mädchen aus Rochelle
Machten einst ein Schlachtschiff klar.
Hatten Schenkel, weiß und schnelle,
Unterm Hemd noch kaum ein Haar.
Ah, la feuille, s'en vole, s'en vole,
Ah, la feuille s'en vole au vent.
Als am Quai die Wogen verebbten,
Stach in See die muntre Schar.
Eine wählten sie zum Käptn,
Eine, die schon fünfzehn war.

Wir, so haben sie gesprochen,
Sind zufrieden ohne Mann.
Doch bereits nach sieben Wochen
Fing ihr Arsch zu kochen an.
Ah, la feuille, s'en vole, s'en vole,
Ah, la feuille s'en vole au vent.
Endlich kam die Straße gefahren
Eine Karavelle dann
Voll der reizendsten Korsaren,
Die ein Mensch sich denken kann.

Auf dem Schlachtschiff aus Rochelle
Ward zum Entern gleich geflaggt.
Jede hat sich auf der Stelle
Einen süßen Feind gepackt.
Ah, la feuille, s'en vole, s'en vole,
Ah, la feuille s'en vole au vent.
Bei des Vollmonds silbernem Scheinen
Lagen sie, so jung und nackt,
Und mit weitgespreizten Beinen
Fühlten sie den Rudertakt.

Diese Nacht ward nicht gesegelt,
Diese Nacht ward nicht gefischt,

Diese Nacht ward nur gevögelt,
Manns und Weibes Fleisch vermischt.
Ah, la feuille, s'en vole, s'en vole,
Ah, la feuille s'en vole au vent.
Morgens dann setzt die Karavelle
Ihren Weg fort durch die Gischt,
Und die Mädchen aus Rochelle
Sangen, wunderbar erfrischt:

Kam die Unschuld mir abhanden,
Mitten auf dem Weltenmeer.
Dreh dich, Wind, und laß mich landen,
Ob der Freund mir wiederkehr.

Alle ab. Zurückkommt Madame Schauer.

Schauer Wenn euch der Possen zum Lachen scheint,
Ist nicht so lustig, als ihr meint.
Ein altes Weib hat keinen Mann.
Ihr kommt auch dran.
Ab.

Esther und Mardochai, ziehen den Vorhang auf.

Mardochai
O greuliches Geschick! o schreckensvoller Schluß!
O Jammer, den dir heut mein Mund verkünden muß.
Ein Rabe, nah ich dir. Nacht kündet mein Erscheinen.

Esther
So krächze deinen Spruch und hör nur auf zu weinen.

Mardochai
Hü hü! es hälts mein Herz, hü hü! es hälts nicht aus.

Esther
Geh, weine dich erst satt, sonst bringst du nichts heraus.

Mardochai
Hü, hü! es wird mir noch, hü hü! das Herz zersprengen.

Esther
Was gibts denn?
Mardochai U hu hu! ich soll bis Morgen hängen.
Esther
Ei, was du sagst, mein Freund. Und ist kein Zweifel mehr?
Mardochai
Ich hab es frisch, hü hü! und von der Quelle her.
Es steht schon alles fest. Allein ob ich erschossen
Oder gehängt sein muß, das ist noch nicht beschlossen.
Esther
Das ist sehr dumm, mein Freund.
Mardochai Du sagst es, Königin.
Mir schien in deiner Gunst, daß ich da sicher bin
Vor des Tyrannen Wut.
Esther Kein Wort auf meinen Gatten.
Mardochai
Das Schicksal klag ich an, den König trifft kein Schatten.
Nicht darf der Glückliche dem schönsten Tage traun,
Er kann sein Haus so gut auf Sand als Felsen baun.
Esther
Wer trieb zu solchem Zorn den König und Gebieter?
Mardochai
Wer schon? der Haman wars, der böse Agatiter.
Er hat mich angeschwärzt, weil er auch Verse macht,
Worüber alle Welt, und das aus Gründen, lacht.
Esther
Doch welcher Schuld?
Mardochai Ich sah ihn in dem Torweg gehen
Und grüßt ihn nicht, das heißt, ich hab ihn nicht gesehen.
Denn meine Augen, hü! du weißt es ja, mein Kind,
Sind von den Jahren schwach, ich bin beinahe blind.
Hü hü! man hängt den Mann, zu strafen seine Augen.

Esther

Du siehst schon, wo du willst. Du wolltest dich nicht beugen.

Mardochai

Was denn, ich grauer Mensch vor diesem jungen Spund?

Esther

Er ist der Mächtigste nach Ahasver.

Mardochai

Na und?

Mein Kopf ist viel zu voll, ihn müßig anzustrengen.
Was will der Mann von mir? Was kann er denn?

Esther

Dich hängen.

Mardochai

Gut. Aber das ist Nichts.

Esther

Macht Nichts, daß du so schreist?

Mardochai

Als ob Gebrauch von Kraft Vorhandensein beweist.
Ich weiß doch, wie ers treibt auf seinem hohen Stuhle.
Die Wollust ist sein Gott, das Laster seine Schule.
Von Segeln überdacht, die man am Scharlachband
In weiß und blauer Farb durch Silberringe spannt,
Sitzt er mit blöder Stirn, umspeichelt von den Gästen,
Und gähnt und fühlt sich wohl bei diesen Gartenfesten.
Nein, nein, der Mann ist Nichts. Er praßt und säuft und kebst.

Esther

Und doch in seinem Plan beruht, wie lang du lebst.

Mardochai

Hü hü! er bringt mich um. Ich wollte, mir gelängen
Noch schlechtre Reim' als ihm: dann könnte ich ihn hängen.
Doch nimmer bring ichs so. Drum wenn mir beizustehn,
Du nicht zum König eilst, so ists um mich geschehn.

Esther

Die Bitte, armer Mann, kann ich dir nicht gewähren.
Man kommt zum König nicht, er muß es erst begehren.

Tritt einer unverlangt dem König vors Gesicht,
Du weißt, der Tod steht drauf. Es ist dein Ernst wohl nicht.

Mardochai

O Unvergleichliche, du hast fast nichts zu wagen.
Wer deine Schönheit sieht, was kann der dir versagen?
Und im Gesetz wohl sind die Strafen nur gehäuft,
Weil man sonst allzu grob den König überläuft.
So geh und schnell. Man tut mir vorher was zu Leide.

Esther

Je nun, was hülf es dir? Wir stürben alle beide.

Mardochai

Du liebst doch deinen Ohm?

Esther

Ich liebe ihn, doch mehr,
Das muß ich schon gestehn, fürcht ich den Ahasver.

Mardochai

Erhalte meinen Wert der Welt und meine Ehre.

Esther

Von Herzen gern, wenns nur nicht so gefährlich wäre.

Mardochai

So fehlt zur schönen Tat dir die Begeisterung?

Esther

Du, Ohm, bist schon so alt, ich noch so blühend jung.

Mardochai

Dein Leben überhaupt, wem hast du es zu danken?
Den, der dich säugte, willst du den zu retten wanken?
Mein Wissen gab ich gern, da bist du mir nichts schuld.
Doch unerschwinglich hoch berechn' ich die Geduld.
Die Unart wohnt im Kind, auch dem wohlangelegten.
Ein Hang nach unten ziehts zum Schmutz und zu den Mägden.
Du bist nun sanft und klug und dankst es der Natur
Und liebtest doch als Kind fast das Verbrechen nur.
Erinnre dich, zu dir gab ich dir das Geleite.

Und nun erinnre dich, wie dein Gemahl dich freite.
Der König braucht ein Weib. Und fürstlich kurzer Hand
Treibt er die Jungfern ein im ganzen Perserland.
Der Kämmrer sieht sie durch, ein Teil geht gleich zurücke,
Entgegen bangt der Rest dem ungewissen Glücke.
Man badet sie ein Jahr, sie leiden oft an Grind,
Und dann versucht er sie, sobald sie sauber sind.
Durch wen, wenn nicht durch mich, gelangtest du zum
Preise?
Es sind so viele schön. Du einzig warest weise.
Und Weisheit an der Frau macht stets den Mann geneigt.
Er ahnt und ehret sie, so lang sie sie nicht zeigt.

Esther

In tiefer Dankbarkeit will ich mein Glück genießen.
Ich pfleg dir auch das Grab und will es immer gießen.

Mardochai

Ach ach! ist das ein Graus und eine Sterbensnot.
Ach ach! man lebt nicht gern so kurz vor seinem Tod.
Und sieht sein Haupt vor sich: Es hänget dort dem Regen,
Dem glühnden Sonnenschein und bittern Schnee entgegen.
Dort nascht geschäftig mir ein Rabe und sein Weib,
Weil sie am Leben sind, das schöne Fett vom Leib.
Dort schlagen ausgedörrt zuletzt die weißen Glieder
Von jedem leichten Wind und klappern hin und wieder.

Esther

Geht ein Gerechter so mit Lärm ins Jenseits ein?

Mardochai

Ich bin verfolgt. Muß ich drum auch gleich edel sein?

Esther

Nun denn, so wollte ich . . .

Mardochai Du willst! Mir rinnt die Zähre.

Was willst du?

Esther Ach, ich wollt, daß alles anders wäre.

Mardochai

Wohl, ich verlasse dich, wenn dich mein Schmerz verdrießt.

Beiseite

Ein starkes Herz sich gern mit sich allein entschließt.

Ab. Kommt zurück

Nicht wahr, du gehst doch hin?

Esther Ich muß es überdenken.

Mardochai

Ich scheide denn. Leb wohl.

Ab. Zurück Du läßt mich doch nicht henken?

Ab.

Esther

Am besten seh ich gleich, was mir im Zwielicht winkt,
Und hab es hinter mir.

Mardochai *zurück* Ei, wie denn? ungeschminkt?
Das wäre Frevel fast, fast schlimmer noch als Fliehen,
So nackt und waffenlos in heiligen Krieg zu ziehen.
Nein, schmück mit Myrrhenduft und guter Spezerei
Den Leib. Dir bleibt die Nacht, sie ist noch nicht vorbei.
Die Schenkel und die Brust, den Körper allenthalben
Mußt du mit Balsamöl und Wohlgerüchen salben.

Esther

Was weißt du?

Mardochai Ich weiß viel.

Esther Wer machte dich so schlau?
Dein Gott, soweit ich seh, er hat doch keine Frau?

Mardochai

O glaub mir, töricht wär, wenn du so schlumpig gingest.
Leb wohl.

Esther Mir wäre lieb, wenn du schon längstens hingest.

Mardochai ab.

Der brave alte Mann, der mich in Windeln hielt,
In dessen grauem Bart ich als ein Kind gespielt,

Der allzeit Vaters mir und Mutters Ort ersetzte,
Der mich, man merkts ihm heut kaum an, mit Weisheit letzte,
Ich war recht hart zu ihm. Er hat ja viel Verdruß.
Doch darf man hassen wohl, wenn man schon helfen muß.
Ich, die ich niemands Bahn mit meinem Dasein hemme,
Der grause Weltverlauf nun bringt mich in die Klemme.
Ein Dasein voller Glück, ein Leben voller Pracht,
Es wird durch Schicksals Kniff zu nichts als Kot gemacht.
Im Gatten, den ich lieb, erweck ich blutge Grillen
Um eines, den ich auch, doch minder liebe, willen.
Nennt man das gut? Gewiß, man nennt es nicht gescheit.
O Pflicht zur Unvernunft, Gebot der Menschlichkeit.
Sie zieht den Vorhang zu.

Dritter Akt

Der Magister Schievelbusch mit seiner Tochter Dörte. Prinzipal.

Prinzipal O trüben Tages letztes Weh.
Der Mensch, den ich dort wandeln seh,
Es ist der Magister Schievelbusch,
Der mit schlimmem Geschmier und Pfusch
Hierorts die Tugend und somit
Leider die Poesie vertritt.
Was soll ich machen? Ich wollte fliehn,
Ich darf es nicht. Man hört auf ihn.
– Der Herr Magister!

Magister *mit einem Sprachfehler*
Herr Prinzipal,
Ihr ehrt mich. Man hat nicht alle Mal,
Daß ein bestätigtes Talent
Unsereinen auf der Straße kennt.
Ihr saht gewißlich meine Laute?

Prinzipal *beiseite*
Ich sah sie freilich, und mir graute.

Magister In Erwidrung eurer Höflichkeit
Trag ich euch gern eine Kleinigkeit,
Wie uns wohl mag in Arbeitspausen
Rappeldizapp den Sinn durchsausen,
Zu eurer Unterhaltung vor.

Prinzipal Welch holde Labsal für mein Ohr.

Magister Zwar möcht ich euch nicht lästig fallen.

Prinzipal Ich bitt euch, laßt die Leier schallen.

Magister Bin ein geringer Dorfpoet.
Prinzipal Auch der Parnaß in Feldern steht.
Magister Ach, Herr, verachtet mich nur nicht.
Mein Flügelroß ist derb und schlicht,
Rechtschaffen als ein Ackergaul.
Prinzipal Ich schau dem Rosse nicht ins Maul.
Magister Nur keine Glimpflichkeit! Im Reich
Der Musen sind wir alle gleich.
Wir wollen, seien wir noch so klein,
Wie ein Catulle getadelt sein.
Prinzipal *beiseite*
Verdammter Schuft, ich will dich loben,
Mit Honig schmieren unten und oben.
Wenns einem Tropf zu schmeicheln galt,
Stört der geringste Vorbehalt.
– Des Dichters harr ich, lausch dem Sänger.
Magister Wohlan, ich foltre euch nicht länger.

Ausflug mit Aphrodite, oder: Herzerquickende Morgen-, Mittags- und Abendstunden.

Pirol läßt sein Lied ertönen,
Und ich gehe mit der schönen
Aphrodite, ihre Hand
In der meinen, über Land.
Weg und Flur im Morgenscheine.
Vor uns her am Ackerraine
Wandelt eine Wachtel, die
Man nicht sieht, doch hört man sie.

Und der Wiesen Dunst verschwindet,
Wie die Sonne sich entzündet.
Mir auch, Göttliche, sodann
Fang ich zu erzählen an,

Mir auch in der weiten Ferne
Seufzt ein Herz und hat mich gerne.
Und sie nickt und lächelt leis,
Wie als wenn sie es nicht weiß.

Wie dünkt euch das?

Prinzipal — So zart und heiter.
Ich hoffe doch, es geht noch weiter.

Magister — Erntewagen, vollbeladen.
Roten Mohn und lila Raden
Hat das Roggenfeld im Haar.
Und sie steckt sich auch ein paar.
Celsius' Säule steht auf dreißig.
Landmann, sei doch nicht so fleißig.
Komm in meine Arme her,
Küß mich, Mitarkadier!

Ah! die Brust schwillt vor Vergnügen.
Schwieg ich jetzt, es wäre Lügen.
Und an einem Rosenzaun
Muß ich ihr was anvertraun:
Himmlisch ist, von treuem Sehnen
Sich zu Recht umfaßt zu wähnen.
Und sie nickt und lächelt leis,
Wie als wenn sie es nicht weiß.

Nicht, das ist gut?

Prinzipal — Ich rede offen:
Ihr habt die Griechen übertroffen.

Magister — Und das ist keine kleine Hürde.

Prinzipal — *beiseite*
Wenn es nur endlich dunkel würde.

Magister — Hesperos hebt seine Kerze
Über Berg und Waldesschwärze,

Hinter ihm ein Schimmer zeigt,
Wo Selene aufwärts steigt.
Abend fächelt. Und ich fühle
Seine höchst erwünschte Kühle,
Daß vor plötzlichem Genuß
Ich tief Atem holen muß.

Glücklich, spreche ich, ist jeder,
Den der Tod noch nicht am Leder
Hat und mit Gesetzes Kraft
Vor den Rhadamantys schafft.
Doch die Welt als Sitz der Wonnen
Kennt nur, wem du wohlgesonnen.
Darum will ich nie allein,
Stets von dir begleitet sein.

Nun?

Prinzipal Ich bin sprachlos. Habt Erbarmen
Und laßt mich schweigend euch umarmen.
Kein Wort genügt mir, um als Zeichen
Von meinem Staunen hinzureichen.
Beiseite
Hätte Text genug, ihn zu verfluchen.

Magister Nur Mut! Ihr müßt die Worte suchen.

Prinzipal Welch süße Anmut, feine Sitten.
Und ganz wider Erwarten mitten
In der Provinz uns dargeboten!

Magister Provinz?

Prinzipal Ich meine, fern den Knoten.

Magister Provinz ... Mich kann das Wort nicht stören.
Manche zwar möchtens ungern hören.
Plundersweilern ward oft schon hingestellt
Als langweiligste Stadt der Welt.
So sagt Herr Braun, davor Herr Heym,

Vor dem Herr Brecht – ein alter Reim.
Es ist, als ob diese große Scribenten
Mitsamt und insonders die Welt nicht kennten.
Denn ward nicht jedem Erdenteile
Sein gerüttelt Maß an Langeweile?
's ist ein Geräkel und Gegähn.
Ich selber habe . . .
er nennt den Spielort
gesehn.
Andrerseits, wüßt mir keinen steilern
Aufstieg als den von Plundersweilern.
Zu meiner Kindheit, siebzehnhundert-
zwölf, ward unsre Stadt bewundert
Um zwei betriebene Brauereien.
Und heute glänzt sie schon mit dreien.
Genug. Ich will mich nicht versteifen.
Muß meine Position begreifen.
Hab nicht die Förderung erfahren
Wie mancher Quidam, der seit Jahren
In allen Almanachen prunkt,
Wie eine Katz im Kuhstall jungt.
Mir fehlt die Hilfe aufzusteigen.
Mich kann man wagen totzuschweigen.

Prinzipal Mein Wort, ich will von euren Sachen
An allen Höfen Wunders machen.
Will ab.

Magister So seid nicht kurz.

Prinzipal Ist kein Entkommen?

Magister Habt ja mein Dörtchen noch nicht vernommen.

Prinzipal *beiseite*
O Gott, die auch. Könnt ich ertauben.
– Die Demoiselle, ists zu glauben,
Trank auch aus dem kastalischen Quelle?

Magister Was, meine Dörte Demoiselle?
Ihr sagt, sie ist nicht Jungfer mehr?

Prinzipal Ich schwör, sie ists.

Magister Dann laßt ihr die Ehr.

Prinzipal Die Jungfer, sagt sie ein Gedicht?
Beiseite
Nun hilf, Apoll! – Apoll half nicht.

Jungfer Vernunftreiche Gartenentzückung, von Dörte Schievelbusch.

Prinzipal Was?

Jungfer Vernunftreiche Gartenentzückung, von Dörte Schievelbusch.

Prinzipal Was?

Jungfer Vernunftreiche Gartenentzückung, von Dörte Schievelbusch.

Magister Das gute Kind, es hat beim Sprechen
Ein, zwar kaum merkliches, Gebrechen.
Keiner kann sagen, woher es käm,
Weder wes Ursach noch von wem.
Ich ersuch euch, gebt nichts drauf.

Prinzipal Auf Ehre, mir fiel gar nichts auf.

Jungfer *singt, der Magister begleitet sie auf der Laute:*

Die Kartoffel auch ist eine Blume.
Und mit gelben Federn blüht der Mais.
Und gereicht es nicht dem Dill zum Ruhme,
Wie er zierlich Frucht zu tragen weiß?
Ihr in eurem Prunk und Wohlgeruche,
Stolze Rosen, bleiche Lilien,
Ließet nagen uns am Hungertuche,
Nur was nützet, ist vollkommen schön.

Prinzipal Wie brav! wie schön! wie eigner Art!
Die Zukunft mit der Gegenwart.

Den Apfel, man sieht ihn mit Vergnügen
Beim noch blühenden Stamme liegen.
Übrigens, wie gefällt euch das Drama?

Magister Nicht. Sind doch immer Scandala.

Prinzipal Hum!

Magister Gewiß, das Thema ist zu loben.
Nur sorg ich, es ist vorgeschoben.
Man gründet auf das Wort des Herrn,
Doch bloß das Zuwerk spielt man gern.
Daher an alt und guten Stücken
Man auch kein Jota soll verrücken.
Mich staunt, wie mit Wahrheit und Geschmack
Man solch Schindluder treiben mag.
Der Held Ahasver weint und greint,
Weil er sich feig dem Tod nah meint,
Und hört auf des Bösewichts seinen Rat!
Kein König je desgleichen tat.
Und wie wohl gelanget Mardochai
Ohnverschnitten ins Serail?
So ein Unsinn den andern jagt.

Prinzipal Vom Leben wär das wohlgesagt.
Doch findt er in Künsten Unterkunft,
Hat der Unsinn seine Vernunft.

Magister Auch des Dichters Sprachkraft
Ist liederlich und mangelhaft.
Was habt ihr an Mutters Teutsch verübt,
Wie wenn ihr nicht für die Menschen schriebt.
Auf gleiche Stückel zugeschnitten,
Stets eine Taille in der Mitten,
Kann vor lauter Aufputz kaum gehn.
Wer soll das reden, wer verstehn?

Prinzipal So ist der Herr ein Rhythmophob?

Magister Ein Regelfeind, und bin stolz darob.

Vom Herzen immer weg und hin
Geht teutscher Rede Biedersinn.

Prinzipal *beiseite*
Ich schweig, und zerreiß es mir die Lungen.
Morgen sind auch Vorstellungen.
Geht zur Bude, redet durch den Vorhang mit der Truppe.
Wohin ich umhör: gut angekommen.
Die Leute sitzen wie benommen.
Nein, Schätzchen, die Weiber sind gelb vor Neid.
Das Schweigen bedeutet Ergriffenheit.

Jungfer Am Stück ist nichts zu retten. Doch viel
Wird oft gebessert durch das Spiel.

Prinzipal Die Jungfer spricht sehr einsichtsvoll.

Jungfer Ja, da nun stehts erst richtig toll.
Diese Esther soll für eine Königin gehn
Und läßt vor allem Volk sich sehn
Und hat das Haar nicht aufgebunden.

Prinzipal Es spielt ja um die Morgenstunden.

Jungfer Wäre nicht weit der Welt Ende,
Wenn man mich so beim Mustopf fände.

Magister Von Schmähsucht sind wir weit entfernt.
Wir tadeln nur, damit ihr lernt.
Drum merket, wenn die Unschuld spricht:
So frühstückt meine Tochter nicht.

Prinzipal Ihr urteilt, als wäret ihr vom Fache.

Magister So urteilen wir von jeder Sache.
Weil jede Sache nur soweit gilt,
Als sie passet in unser Bild.

Prinzipal Seid ihr der liebe Gott vielleicht?

Magister Ein Mensch, der Gottes Ziel erreicht.
Ein aufgeklärter Ehrenmann,
Mehr kein Sterblicher werden kann.

Prinzipal Die Aufklärung dünkt gegenwärtig
Mich, mit Verlaub, nicht gar so fertig.
Haben vor uns wohl noch hundert Jahr,
Wo wir, was längst erkannt als wahr,
Was keiner leugnet und alle wissen,
Auf dümmste Art erstreiten müssen.
Man wird die Wahrheit ziemlich satt,
Mein Fräulein, wenn man sonst nichts hat.
Doch nehm ich mit bescheidnem Sinn
Die Lage als gegeben hin
Wie Trübes vor dem Mondenlicht,
Das einen schönen Tag verspricht.
Denn daran glaub ich fest: die freie
Poeterei kommt an die Reihe,
Wenn nicht nur, was man so meint und lehrt,
Nein, sich das Leben selbst aufklärt,
Wovon euch Knecht der Vordergründe,
Das Maul zu halten, wohl anstünde.
Ich aber schon in diesen Tagen
Aus künftgen Säkels fernem Dunst
Seh einen goldnen Tempel ragen.
Und auf ihm steht: Das Volk der Kunst.
Ab.

Jungfer Dem habt ihrs aber gegeben, Vater.

Magister Der ganze Laffe bleibt Theater.
Beide ab.

Ahasveros, zieht den Vorhang auf.

Ahasveros

Der Genius, der stets mir gleichen Schlummer spendet,
Hat seine Fackel heut unsorglich abgeblendet.
Der schweren Ängste voll ertrug ich nur die Nacht.
Ich habe teils geseufzt und teils auch nachgedacht.

Dies alles ist mir neu. Es trübt mir noch den Morgen.
Ich muß mir einen, der die Schuld dran hat, besorgen.
Was kam dem Haman nur, dem sauren Murrkopf, bei,
Daß er das Halsgericht erbat dem Mardochai?
Der Jud hat einen Band mit Sprüchen drucken lassen.
Klug ist, ihn nicht zu sehn, höchst unklug, ihn zu hassen.
Schon in der ganzen Welt vernehm ich das Geschrei:
Die Sonne Persiens erwürgt den Mardochai!
Und wenn sie töricht sind, was anders ist Regieren,
Als wie die Törichtheit der Welt zu kalkulieren?
Die ganze Schererei, ich bin sie rundum leid.
Ich sage, freuet euch, die ihr kein König seid.
Doch Schluß mit Her und Hin. Ich steh zu meinen Worten.

Stimme Mardochai *draußen*

Hü hü!

Ahasveros

Wer winselt hier?

Haman.

Haman — Mein Fürst.

Ahasveros — Wer klopfet dorten?

Die Sonne stieg ja kaum erst über Susans Dächer.
Wie schliefst du denn?

Haman — Sehr wohl,

Ahasveros — Der Mensch wird täglich frecher.

Haman

O Vater du des Reichs, vergönne deinem Sohn,
Daß er mit frohem Blick hintritt zu deinem Thron.

Ahasveros

Schön, dich zu sehn. Uah!
Beiseite Mir wäre lieb, auf Ehre,
Wenn er nicht morgens schon so pudelmunter wäre.

Haman

Dein Wort ist göttergleich, dein Wink hat Zaubermacht,
Ein Wunsch, kaum hegst du ihn, so ist er schon vollbracht.
Den du erwählst, lebt auf. Hingegen mit dir streiten,
Heißt wenig besseres als sich zum Tod bereiten.
So auch der schlaue Schalk, dein Meuchler und dein Feind,
Ist fertig hinzugehn, wo ihm kein Licht mehr scheint.
Ins Reich des Ahrimann reißt ihn der Strick hinüber.
Ein Bild für Könige! Glaub mir, du freust dich drüber.
Drum lad ich dich hinzu, bedacht auf deine Lust,
Es ist ein Spaß, den du genossen haben mußt.
Denn spendet uns die Welt wohl süßere der Wonnen
Als einen zappeln sehn, dem wir nicht wohl gesonnen?

Ahasveros

Und keine Milderung läßt du ihm angedeihn?

Haman

Mein Fürst! wo Haman steht, kann Mardochai nicht sein.

Ahasveros *beiseite*

Da hat er freilich recht. Hinab zu Orkus' Schlünden
Muß einer von den zwein, schon aus Besetzungsgründen.

Stimme Esther

Halt halt!

Ahasveros Die Königin.

Haman Verließ das Frauenhaus!

Du riefest nicht nach ihr, sie wagt sich doch heraus!

Esther.

Esther

Halt halt! O Herr, wie froh jetzt wär ich, dich zu sehen,
Säh ich dies Ungeheur nicht dir zur Seite stehen.

Ahasveros

Was willst du denn bei mir?

Esther Ich will Gerechtigkeit.

Ahasveros

Gerechtigkeit geschieht, und ich will keinen Streit.

Esther

Mein Ohm ist fleckenlos.

Ahasveros Das ist noch nicht erwiesen.

Esther

Hier dieser trägt die Schuld.

Ahasveros Mir gleich, ich hänge diesen.

Esther

Mein fürstlicher Gemahl, mein Stolz und mein Begehr,
Mein schön und starker Mann, mein liebster Ahasver,
Ich weiß kein andres Glück, als dir mich gern zu fügen.

Ahasveros

Dann sei so gut und geh.

Esther Dein Hang ist mein Vergnügen.
Ein jeder Diener nur gehorcht des Königs Pracht.
Ich folge dem Gemahl, weil es mich fröhlich macht.
Sein Wohlsein ist mein Zweck, sein Lächeln stimmt mich heiter,
In ihm frohlocke ich.

Ahasveros Ach, sprich nur so nicht weiter.

Esther

Doch weil ich weiß, wie sehr auch ich dir teuer bin,
Tret furchtlos ich vor dich mit meiner Bitte hin.
Und nicht Barmherzigkeit, die Liebe soll mir spenden,
Die gebend sich belohnt und reich wird im Verschwenden.

Ahasveros

Ich mag nicht.

Esther Ei, mein Schatz.

Ahasveros Wie gut du wieder riechst.

Esther

Für dich ja.

Ahasveros Wie du Schelm mir gleich ins Herze kriechst.

Esther

Gib mir den Mardochai. Was? fänd ich dich erkaltet?

Haman

Ist das noch Persiens Hof, wo so Verderbnis waltet?

Esther

Verderbnis, die bist du. Und wo die Macht des Herrn
Uneingeschränkt sein muß, bleibt sie wohl schwerlich
fern.
Auch mein Ahasveros ist immer Mensch geblieben.
Den Göttern dank ich es, wie sollt ich ihn sonst lieben?
Doch macht mir das zur Pflicht, daß der Verderbnis Netz
Ich meine süßere Verderbnis gegensetz.
Wer sich nur sauber hält, läßt nur den Bösen rasen,
Und auch der Edelste muß manchmal ohrenblasen.

Haman

Der Frau gebühret Tod.

Ahasveros

Wo für?

Haman

Du riefst sie nicht.

Ahasveros

Nun ist sie einmal da. So hör, wie nett sie spricht.

Haman

Wer wär nicht gerne gut? nicht ewger Huld Verteiler?
Doch ist die Säule nur des Rechts des Staates Pfeiler.
Dein Staat, so weit gedehnt, so völkerreich, er wankt,
Wo irgend das Gesetz, das ihn nur festigt, schwankt.
Drum stirbt unweigerlich, wer frech es übertreten.

Ahasveros

Ach, lieber Haman, kamst nicht du auch ungebeten?

Haman

Wahrhaftig, jeder weiß, das Recht ist lückenhaft.
Oft just der Treueste wird von ihm hingerafft.
Den eben trifft sein Spruch, um den zumeist es schade.
Drum über dem Gesetz noch steht des Königs Gnade.

Und gültig allerdings ist eben hierum auch,
Daß, wer dir nahetrat – so will es alter Brauch –
Wenn mit des Zepters Stab du huldreich ihn empfangen
Und er ihn nur berührt, der Strafe sei entgangen.

Ahasveros

Das stimmt.

Haman Und Brauch, nicht wahr? ist weiser als das Recht.

Esther

So reich ihn deiner Frau.

Haman So reich ihn deinem Knecht.
So reich ihn ihr und mir, was läßt du uns in Nöten?

Ahasveros

Nein, einen hör ich an, doch einen will ich töten.

Haman

Ich bin dein starker Arm.

Esther Ich bin dein schwacher Leib.

Haman

Ich bin dein kluger Rat.

Esther Ich bin dein Zeitvertreib.

Ahasveros

Stehts so?

Esther Entsinne dich, o großer Kyros-Enkel,
Des Punkts, er trennet mir Gesäß und Oberschenkel,
Was, als du jüngstens ihn entdeckt, versprachst du mir?

Haman

Ich diene Persien.

Esther Das tut er. Und ich dir.

Haman

Ich sitz auf deinem Stuhl.

Esther Ich lieg in deinem Bette.

Haman

O höre nicht! Der hängt schon an der Bärenkette,
Wer einer Hure Wort für bare Münze nimmt.

Ahasveros

Mein guter Haman, schau, jetzt hast du mich verstimmt.
Und wahr spricht, wer da sagt, sich an den Zepter fassen
Wird man am liebsten doch von seiner Frau sich lassen.
Nun geh mal auf den Hof, dort sitzt der Mardochai,
Den schickst du mir nach Haus, dann wird ein Galgen frei.
Da bist du ganz bequem und kannst dich selber hängen.

Haman

Man soll von Narren nie sich in die Händel mengen.
Doch siehst du über lang, was Schwachheit bringet ein.

Ab.

Esther

Er siehets über kurz. Laß uns nur schnell allein.

Mardochai.

Ahasveros

Was! noch ein Störer sucht, daß mein Gesetz ihn treffe?

Mardochai

Ei gelt, da freust du dich, mein lieber Schwiegerneffe.
Der Haman schwebet schon. Recht klug: du straftest ihn.
Noch klüger war, daß du mir seine Macht verliehn.

Ahasveros

Nein, tat ich das?

Mardochai Wie, nicht? Du hörtest sie nicht flehen?

Ahasveros

Hierum? ich glaube nicht.

Mardochai Wir wollens übersehen.
Sie ist ein junges Ding, das nicht an alles denkt.
Doch hätt sie?

Ahasveros Hätt ich dir gewiß sein Amt geschenkt.

Mardochai

Ich nehm es an. Du magst nun Himmelswollust spüren,
Indes ich geh, dem Reich die Zügel straff zu führen.

Ahasveros

Ha nun! das fehlte...

Esther Still!

Mardochai Das fehlte deinem Hof.

Es herrscht der Unsinn ja, wo nicht ein Philosoph.
Doch hoch beglückt das Land, wo Macht sich selbst entgleitet,
Von Liebe eingelullt, von Weltweisheit geleitet.

Tableau.

DAS ENDE

Anweisung

Das Stück darf keinesfalls von mehr als drei Schauspielern ausgeführt werden.

Von „Marmotte“, „Malbrough“ und „Rochelle“ sind die vorhandenen Melodien zu benutzen. Alle anderen Gesangsstücke werden mit zierlichen und heiteren Weisen im Stil des ausgehenden achtzehnten Jahrhunderts versehen.

Falls der Magister beim Abgang Beifall hat, kann er folgende Zugabe machen:

Wer, der so geschwelget hätte,
Fände nachher rasch zu Bette?
Am Kamine sitzet sie
Mir beim Punsche visavis.
Unter ihren Schleierbahnen
Läßt sich Muschelfarbnes ahnen,
Nun sie gar die Schürze rafft,
Wird das Ding unzweifelhaft.

Noch ein letztes glüht der Scheiter.
Ich ging weit, ich gehe weiter.
Und der Liebsten Schattenriß
Schwindet in der Finsternis.
Dir nur gilt mein Appetite!
Dich nur lieb ich, Aphrodite!
Und sie nickt und lächelt leis,
Wie als wenn sie es nicht weiß.

Warum ich für nichts kann

I

Wie alle meine Bearbeitungen entstand auch die des „Jahrmarktsfestes“ aus dem Zusammenfallen einer alten Neigung zum Stück, einem Mangel in ihm und einem handgreiflichen Theaterbedarf. Der Vorgang ist stets der gleiche.

Jemand – ein Schauspielhaus oder ein Regisseur oder, wie bei diesem Mal, eine vagabundierende Bande – fragt mich:

Aber was soll man spielen?

Ich blättere in meinem Gehirn und empfehle: Das und das.

– Was ist das?

– Ah, ein Stück, ein großes Stück!

Der Betreffende geht, liest und kommt wieder:

– Aber das geht nicht zu spielen, wirklich.

– Wenn ich Ihnen sage.

– Wenn ich Ihnen sage ...

Dann gehe ich und lese. Dann muß ich dichten.

II

Ich wollte, ich versichere es bei meinem Ruf als ehrlicher Mann, ausschließlich den fehlenden dritten Akt ergänzen.

Dann verspürte ich ein Bedürfnis nach mehr Spaß, also mehr Ernst; ich änderte hier und verwarf da, bis mir unter der Hand von Goethes Schnurre wenig mehr übrig blieb.

An ihrer Stelle, überraschenderweise, entstand eine Sache, die Goethe anfangs einmal im Sinn gehabt hatte.

Der Ur-Jahrmarkt zeigt den lächerlichen Kampf der veramteten Aufklärung mit der vergammelten Empfindsamkeit. Meiner handelt eigentlich von nichts anderem. Er zeigt die lächerlichen Mißverständnisse zwischen den groben Plattköpfen und den feinen.

Das betrifft gleichermaßen den Hader Hamans mit Mardochai wie den des Magisters mit dem Prinzipal. Es betrifft die Rüpelszenen des Amtsdieners mit dem Schattenreißer, des Gensdarmen mit dem Bänkelsänger und der Bürgersfrauen mit dem Landstreicherchen. Es betrifft insonders – und deckt sich daher aufs glücklichste mit dem dramaturgischen Grundeinfall des Stücks – das Verhältnis zwischen dem Volk und dem Theater.

Es mag sein, daß ich über den Stoff gelegentlich schon geschrieben habe. Aber welcher ist auch komischer?

III

Meine Angaben sind nachprüfbar. Konnte ich bei „Helena" und „Polly" darauf bauen, daß die Kunstrichter dieses hochstaplerischsten Jahrhunderts ausnahmslos die Unverschämtheit haben würden, mich zu loben, ohne auch nur einen Blick in die Vorlage zu werfen, so ist ja hier nicht mit völliger Sicherheit auszuschließen, daß der eine oder der andere unter ihnen denn doch eine ererbte Goetheausgabe in seinem dürftigen Büchervorrat ...

– Genug, gut. Sagen Sie, was soll man noch spielen?

– Hrosvith von Gandersheim.

– Aber das sind keine Stücke.

– Ah, was für ein Talent, was für ein Bühnentalent!

Rosie träumt

Legende in fünf Aufzügen
nach
Hrosvith von Gandersheim

Personen

Diokletian
Fides | *seine Töchter*
Spes |
Rosvitha |
Gallikan
Bradan, *König der Karpen*
Emmerich | *Klausner*
Pafnutius |
Paul, *ein vandalischer Landsknecht*
Ernst, *ein Hausierer*
Gotthold, *ein toter Sodomiter*
Der Teufel
Henker
Sisinius, *Hauptmann*
Thais, *eine Buhlerin*
Die Jungfrau

Erster Aufzug

Wald

Diokletian, Gallikan. Gefolge.

Diokletian Es ist für Rom. Der Gang des Krieges fordert,
Daß wir, du, Caesar, mein gewählter Sohn,
Mein Gallikan, in diesem Wald und ich,
Uns nun und die Kohorten trennen müssen.
Ich geh nach Norden, wo der Alemanne
Durch Trotz Vernichtung bittet. Bringe du
Im Süd indes der Karpen Volk zum Wimmern.

Gallikan Ich wills.

Diokletian Dann ungesäumt. Es ist seltsam, immer
Nur mit der Arbeit wächst die Arbeit. Rom
Stand nie so groß und nie so wenig fest.
Des Reiches Grenze wird mit jedem Sieg
Nur immer länger für den äußern Feind,
Die Fläche angreifbarer für den innern.
Ist noch etwas zu reden?

Gallikan Eh wir ziehn,
Vermähle mir, Augustus, deine Tochter.

Diokletian Du wünschst höchst plötzlich, Caesar. Welche ists,
Die du begehrst?

Gallikan Gleichviel.

Diokletian Wie, alle drei?

Gallikan Mich treibt Vernunft, nicht mindestes Begehren.
Kein Wunsch ist dies, ein Ratschlag. Wenn den Fels

Du spalten mußt, den feindabwehrenden,
Den stolzen Kaiserthron von Rom, in zwei,
Erschein er dem Barbaren doch wie einer
Und will ich so erhöht, als wär ich selbst
Augustus Jovius, dem Bradan drohen.

Diokletian Du denkst mir aus dem Herzen. Du verdientest,
Wär nicht August August, August zu sein.
Man sende nach den kaiserlichen Jungfraun!
– Ich laß sie wählen, Gallikan. Wo eine
Dich wählt, erleichterts das Geschäft. Wo keine
Dich wählt, wählst du.

Fides, Spes.

Da sind sie. Fides, Spes,
Ihr hört und folgt, weshalb Rosvitha nicht?

Spes Herr, sie vernahm und schickte sich zum
Kommen.

Diokletian So bringt sie sich um die Gelegenheit.
Ich warte nicht. Vernehmt: der Caesar freit
Um euer eine. Wo in einer Neigung
Von euch sich oder Vorsatz hat gebildet,
Ihm zu gehören, sprech sie freien Muts.
Den jede will, ich geb ihn ihr zum Gatten.

Fides Der Antrag ehrt mich.

Spes Für den Antrag Dank.

Diokletian Wie, ihr weicht aus? Es ist kein bessrer Mann.

Fides Kein bessrer.

Diokletian Dennoch wollt ihr einen andren?

Fides Herr, keinen andren, wenn wir einen wollten.

Diokletian So wollt ihr keinen? Tausend, und der Grund?

Fides Ein Mann, der Achtung wert, er ist dem Weib
Ein Halt im Leben, und er trägt es sicher,
Bis, heiter oder rühmlich, beider Tage

Sich endigen. Auch mit mehr Recht wird keiner
Geachtet als der tapfre Gallikan.
Und doch nur eine hält, die Unschuld, uns
Im andern Leben, das kein Ende hat.

Diokletian Zum Henker, ihr seid Christinnen?

Fides, Spes Wir sinds.

Diokletian Zum Henker, – nun, das war nicht hingescholten
Als Redensart. Den Henker! – Gott in Rom
Heißt einzig einer, ich. Ich bin der best
Und höchste Jupiter. Man fällt zum Boden
Bei meinem Eintritt, küßt den Purpursaum
Des seidenen Gewands mir, und in Angst.
Kein Römer ist, wer nicht zum Kaiser betet.

Auftritt der Henker, küßt Diokletians Saum, fällt hin.

Gallikan Wer ist der Affensohn?

Diokletian Der ist mein Henker.
Hier steht der Theolog, der euch bekehrt,
Wo ihrs nicht selber tut. Ich frage nicht
Zum dritten Mal. Wer geht mit Gallikan?

Fides, Spes Wir wollen gehen mit dem wahren Gott.

Diokletian Sprich du ihr Urteil, Caesar.

Gallikan *zum Henker* Richte sie.

Diokletian Kurz und sehr gut. Die zwei sind meine Kinder.
Doch jeden Bürger hat August zum Kind,
Und Kindsrecht soll das Bürgerrecht nicht brechen.

Henker Es wird ohne Verzug geschehen, Caesar. Es ist mir ein Vergnügen, ein ehrenvolles Vergnügen.

Gallikan Was, diese Vollstreckung vergnügt dich?

Henker Eine vergnügensvolle Ehre, ich will ausdrücken, ich bin vergnügt, mich dermaßen geehrt zu sehen.

Gallikan Weshalb fällst du um?

Henker Ich stolperte über das Richtschwert.

Gallikan Du bist wohl ungelenk?

Henker Die Wahrheit zu sagen, ich bin die ungelenkigste Figur zwischen dem Atlasgebirge und den Alpen.

Gallikan So scheinst du mir wenig geeignet für dein Amt, Bursche.

Henker Ungelenk, o Caesar, bin ich nur während der Freizeit. In meinem Fach wird mich keiner an Fertigkeit übertreffen. Zwei zarte junge Damen mit Schwanenhälsen, das ist eben gerade eine Kleinigkeit für mich.

Gallikan Eine Kleinigkeit? Diokletians Töchter hinrichten, eine Kleinigkeit?

Henker Eine hochbedauerliche Kleinigkeit, eine kleine Hochbedauerlichkeit, klein, so will ich mich verstanden wissen, in rein fachlicher ... *Er fällt hin.*

Gallikan Ich frage mich in der Tat, ob wir diesem Hampelmann die nötigen Gaben zutrauen dürfen.

Fides Nein, Caesar, zögre nicht. Zu nahe winkt
Der holde Anblick von dem Himmelreich.
Du machtest uns, es rasch zu schauen, hoffen.
Schick uns nicht weiter vor dem Tor zum Glück.

Gallikan Dann ans Werk, Fachmensch, zeig uns, was du kannst.

Henker Ich bitte also die jungen Damen, daß sie mich bei meiner schwer und schändlichen Verrichtung durch trostreichen Zuspruch unterstützen, mir auch, was ich ihnen Leids antue, verzeihen mögen. *Er fällt hin.*

Fides Wir loben dich.

Spes Und rühmen dein bei Gott.

Fides, Spes *knien hin*
O Himmels Gunst, in solcher Jugend selig.

Henker Dank, ergebensten Dank. Das Hälschen bitte nach vorn. So, sehr schön. Danke. *Er köpft beide mit einem Schwertstreich.*

Gallikan Gut gemacht.

Diokletian Nun, Gallikan, die Burg von Sirnium
Bleibt leider leer an kaiserlicher Frucht.
Der Plan war gut. Es kam, daß er mißlang.

Rosvitha, mit einer Bonbontüte.

Halt, nein. Rosvitha hatte ich vergessen.

Rosvitha Der Vater ruft?

Diokletian Das Kind verweigert sich?

Rosvitha Nein, nein, was sprichst du da? Ich bin ja hier.

Diokletian Doch später als die andern.

Rosvitha Ist es möglich?
Wie kann das sein? Ich höre den Befehl,
Lege das Kleid ab, richte mir die Haare,
Schlüpf in das gute Kleid, das will nicht sitzen,
Zieh in geschwinder Hast ein andres an
Und such zu dem die passenden Sandalen,
Und räum die Truhe auf, füttre die Spitzmaus
Und steck die Tüte Bomboms ein und gehe.
Vater, ich ging im selben Augenblick,
Worin du riefst.

Diokletian Und zwischen deinem Gehn
Und deinem Kommen lief der Faden ab
Von deinen Schwestern.

Rosvitha — Fides, ach, und Spes,
So starbt ihr wohl und seid für Jesus tot?
Unglückliche Rosvitha. Ewiges Schwelgen
Hast du durch böses Trödeln dir verscherzt.

Diokletian — Man treibt mich heut zum Wahnsinn, Henker!

Gallikan — Warte.
Laß mich versuchen, ob die Törin sich
Bestimmen läßt durch gütliche Vernunft.
Sieh her, ich will dich heiraten, Rosvitha.

Rosvitha — O wunderhübsch.

Diokletian — Du willigst ein?

Rosvitha — Ich darf nicht.

Gallikan — Du sagtest: wunderhübsch.

Rosvitha — Ich mag Anträge.
Ich hatte lange, fast sechs Wochen, keinen.

Gallikan — Erwäge denn, Rosvitha, dieses Antrags
Höchst ernsten Umfang. Meine Taten kennst du.
Ich handle stets bedacht und selten schlecht.
Und nimmer will ich anders als dein Vater,
Sowenig jener anders als die Welt.
Und wenn ich um die Antwort dich ersuche,
Die dich als Gattin mir verbindet, will ich,
Was jeder will.

Rosvitha — Nicht jeder. Gott will nicht.

Gallikan — Gott? Denk mal, Rosie: will der nicht dein Bestes?

Rosvitha — Und er allein kann wirken, was er will.

Gallikan — Ich bin dir gut, ich kann dir alles geben.

Rosvitha — Alles, die Unschuld, rauben willst du mir.

Gallikan — Ich will sie tauschen gegen Reicheres.

Rosvitha — Nichts bleibt mir übrig, wenn ich sie verlor.

Gallikan — Mit Perlen will ich dich und Seide schmücken.

Rosvitha — So feines Kleid, um mich im Schmutz zu wälzen?

Gallikan Das hätte ich verlangt?

Rosvitha Im Schmutz der Sünde.

Gallikan Als Sünde schmähe nicht, wovon du machst,
Daß es mir beifällt, weil du lieblich bist.

Rosvitha Du findst mich lieblich?

Gallikan Sehr, und kann dich lieben.

Rosvitha So liebe Gott, der mich so lieblich schuf.

Gallikan Soll ich vom Tischler essen, statt vom Tisch?

Rosvitha Ich bin nicht witzig, Feldherr. Hierauf weiß ich
Keine Erwiderung. Wir redeten
Vom Lieben, nicht vom Essen. Aber wenn
Ich in dem Punkt, das weiß ich, nachgab, war
Mein Dasein eitel und mein Heil verloren.

Gallikan Nichts unterm Himmel ruht auf einem Punkt.

Rosvitha Im Himmel doch vielleicht.

Gallikan Es ist zu dumm.

Rosvitha Wie unverstanden vor der Ewigkeit
Steh ich am Tage, der die Gräber leert,
In meiner großen Weltlichkeit und Schwäche.
So hab ich Gott gelobt, in solcher Sorge,
Begreifst du nicht, in dieser einen Sache
Zusammen mich zu nehmen.

Diokletian Schluß. Du sagst
Dem Caesar, was du gern von ihm empfängst,
Hand und Erhöhung oder Tod und Schande.

Rosvitha *betet*
O strenger Schöpfer, zitternd im Gebet
Fleh ich den Mut von dir, der Neigung mich
Zu widersetzen und der Pflicht zu folgen.
Denn meine Lust, du kennst sie, ist sehr groß,
Zu tun, was ich nicht sollte.

Diokletian Da, sie schwankt.

Rosvitha Du bist die Hilfe, Gott. Jetzt bin ich stark.

Gallikan So hast du für das Sterben dich entschieden?
Rosvitha Nein, für das Leben. Meine heiße Lust
Zieht mich zu Jesus. Aber griff ich jetzt
Nach der erwünschten Krone, sandte ich
Dich unbelehrten Heiden ja zur Hölle.
Es ist dein Urteil, das ich wenden muß,
Indem ich deine Untat widerrufe.
Du arme Fides, dauernswerte Spes,
Vergebt, daß aus der Paradieseswonne
Ich euch, um den zu retten, niederwinke.
Es ist für eine Seele. Stehet auf.
Fides Sieh uns denn wandeln, Caesar.
Spes Und bereue.
Henker Hiervon nehme ich keine Schuld auf mich. Der Unfall bringt mich selbst in Verzweiflung, aber glaubt mir, Kaisers, sobald man es irgend mit Christen zu tun hat, gehen die Pannen los.
Diokletian Wie nun verfahren? Wenig Frist mehr läßt
Uns Roms Bedrängnis.
Gallikan Gib mir dies dein Kind
Als Dienstmagd mit, zur Strafe oder Heilung.
Rosvitha Willfahre ihm.
Gallikan Du faß mich recht, ich fordre
Dich nicht als Weib mehr, nur als Sklavin noch.
Rosvitha Von Herzen gern.
Gallikan Du bist sehr demutvoll.
Rosvitha So wills mein Glaube, Jesus will es so.
Die Demut, überdem, gibt mir die Zeit,
Die Schwächen meiner Gegner auszuspähen.
Gallikan Sklavin wird Kebse heißen. Anders noch
Geht Unschuld als im Brautbett zu verlieren.
Rosvitha Gott steht mir bei.
Gallikan Dann, daß auch ich des Beistands

Nicht ganz ermangle, bitte ich den Kaiser
Um diesen Ehrenmann, dir zum Geleit.

Rosvitha *zum Henker*
Komm, Freund.

Gallikan Und mußt du dauernd Bonbons fressen?

Rosvitha Aber es kostet Kräfte, fromm zu sein.

Diokletian Die Fehlgeschlagne, nimm sie, Gallikan.
Tu, wie du magst, an ihr. Sie ist mein Kind nicht.
Den da entbehr ich schwerer, nimm ihn auch.
Und fort in deinen Krieg, ich geh in meinen.

Nach zwei Seiten ab. Auftreten Emmerich und Pafnutius.

Emmerich Du bist lau geworden, mein Bruder Pafnutius. Willst du mir nicht in die Hauptstadt folgen und die Buhlerin Thais zur Tugend zurückführen?

Pafnutius Welche Hauptstadt?

Emmerich Gallikans Hauptstadt, Sirnium.

Pafnutius Höchst ungern, mein Bruder Emmerich. Ich bin nicht Klausner geworden, um meinen Wald zu verlassen.

Emmerich Wir leben in der Einöde um Christi willen, wir verlassen sie also nicht, wenn wir Christi Weg schreiten.

Pafnutius Das ist richtig. Nur verhält es sich eher so, daß ich Christi Weg eingeschlagen habe um der Einöde willen.

Emmerich Wie verstehe ich dich? Hausest du nicht im Wald, weil du gläubig bist?

Pafnutius Nicht hauptsächlich.

Emmerich Weshalb dann hauptsächlich?

Pafnutius Weil ich über fünfunddreißig bin.

Emmerich Und Jesus?

Pafnutius Jesus wußte, warum er es nur bis dreiunddreißig machte. Die Menschen lieben, das hätte er übers Fünfunddreißigste hinaus nicht durchgehalten. Wenn ich Gott wäre, und auf die Erde verschlagen, was täte ich? Mich mit dreiunddreißig hängen lassen, eben das und nichts anderes. Ich bin nicht Gott, unglücklicherweise. Ich kann mir die Sache nicht richten. – Aber schon gut, gehen wir nach Sirnium und läutern wir die Buhlerin, deren wollüstiges Treiben, wie du in Erfahrung gebracht hast, so sehr zum Himmel schreit; übrigens nehme ich an, daß unsere Mühe vergeblich sein wird.

Emmerich Weshalb, mein Bruder Pafnutius, wenn du nicht in Wahrheit gläubig bist, kämpfst du denn für das Gute?

Pafnutius Um den Sieg des Gesindels über mich nicht vollständig werden zu lassen. Es ist ihnen gelungen, mich aus ihrer Welt zu vertreiben; es soll ihnen nicht gelingen, mich in einen ihresgleichen zu verwandeln. Gehen wir nun?

Emmerich Mein Bruder Pafnutius.

Pafnutius Mein Bruder Emmerich?

Emmerich Ich habe es mir hin und her überlegt, ich lasse dich doch lieber allein gehn. Mir fehlt heute dic Lust, dich zu begleiten. *Ab. Zurück* Mein Bruder Pafnutius.

Pafnutius Mein Bruder Emmerich?

Emmerich Der Herr begleite dich. *Ab.*

Pafnutius Amen. Ich danke dir. *Ab.*

Zweiter Aufzug

Herberge

Gallikan, Henker, Hauptmann

Gallikan Ist Nachricht von den Karpen?
Hauptmann Herr, sie stehn,
So sagt die jüngste Zeitung, auf der Böschung
Des Tals, das hinter jenem Berg sich dehnt.
Gallikan Die Schlacht hat ihre Mulde und Gefäß,
Da läuft kein Blut ab. – Übrigens, heut Morgen,
Daß das Gemetzel mich bei Stimmung findet,
Hab die Rosvitha ich zu schänden vor.
Geh zu ihr, Schurke, und entkleide sie.
Henker Sehr wohl. *Ab.*
Gallikan He, stolpere nicht.
Henker Gewiß nicht, Herr.

Der Henker fällt hin, alle ab. Vor der Herberge Paul, Ernst, Gottbold, von der anderen Seite Pafnutius.

Ernst Du, der Mann da!
Pafnutius Beliebt dir etwas, mein Sohn?
Ernst Hier in der Nähe soll eine Schlacht abgehalten werden, kannst du uns sagen, wo?
Pafnutius Warum sucht ihr, was alle Verständigen meiden?
Paul Wir kommen von Thais, der Buhlerin, und haben nötig, unsere Mittel aufzufrischen.
Pafnutius In der Schlacht, wie geht das?

Ernst: Ich hausiere mit einer stinkenden Salbe gegen Filzläuse, die ich erfunden habe.

Pafnutius: Hilft die? Gegen Filzläuse, höre ich, weiß nicht einmal der Teufel ein Kraut.

Ernst: Nein, aber der Teufel hat mir die Gabe verliehen, meine Salbe zu verkaufen, obgleich sie nicht hilft.

Pafnutius: Unglaublich.

Ernst: Willst du nicht eine Büchse? Sie kostet nur zwanzig Sestertien.

Pafnutius: Das dünkt mich wohlfeil. *Kauft. Sagt zu Paul* Wovon nährst du dich?

Paul: Ich bin ein vandalischer Landsknecht.

Pafnutius: Freund, du siehst nicht eben aus, als ob du viele totschlügest.

Paul: Nein, aber der Teufel hat mir die Gabe verliehen, daß ich niemals totgeschlagen werde; so kann ich mich ohne Leibsgefahr verdingen.

Pafnutius: Beim Gallikan?

Paul: Ja, beim Gallikan.

Pafnutius: Oder beim Bradan?

Paul: Ja, ja, beim Bradan.

Pafnutius: Beim Gallikan oder beim Bradan?

Paul: Was fragst du mich? Wer ist Gadan, wer Brallikan?

Pafnutius: Ihr seid eine ausgesuchte Truppe, das merke ich bereits. Wer ist der?

Ernst: Rücksicht, Mensch. Sprich ihn nicht so heftig an.

Pafnutius: Was fehlt ihm?

Ernst: Tritt mit mir beiseite. *Tun es.* Er heißt Gotthold und ist ein toter Sodomiter.

Pafnutius: Was für eine neue Sauerei ist das nun schon wieder? Es gibt bei den niederen Tieren so sehr viel mehr Arten als bei den höheren. – Er ist tot, meinst du?

Ernst Ja, aber man hat vergessen, es ihm mitzuteilen, und wir wollen es ihm nicht sagen. Man kann ihm den Ganymed vorhalten, ohne daß ihm die Spucke kommt. Wir haben eine letzte Anstrengung gemacht und versucht, ob Thais bei ihm Absonderungen hervorruft, aber vergebens. Nun ja, er bekommt jetzt auch langsam Moos in den Ohren.

Pafnutius Thais, wieso die? Thais ist doch kein Junge.

Ernst Du kennst Thais nicht.

Gotthold Ernst, wo bleibst du?

Ernst Gleich.

Gotthold Gotthold will zu den Soldaten.

Pafnutius Vermißt er nichts?

Ernst Nicht viel, er hatte schon immer was Verstorbenes in seinem Wesen. Erst war er zu anspruchslos für Weiber, dann bald auch zu genügsam für Knaben, aber der Teufel hatte ihm die Gabe verliehen, jedem hübschen Buben begehrenswert zu erscheinen, obgleich er, mit Aufrichtigkeit zu reden, wenig Gebrauch davon machte. Das ist auch der Grund, warum ihm nun nicht auffällt, daß er tot ist.

Pafnutius Weshalb hat ihn der Teufel nicht geholt?

Ernst Keine Leute, vermute ich. Die Zeiten, nicht wahr? Die Zustände.

Pafnutius Allerdings, wenn viele sind wie ihr, hat der Teufel Überstunden. O ihr verfluchten, wertlosen, arbeitsscheuen Strolche, habt ihr denn wohl nie über das Geheimnis der göttlichen Trinität nachgedacht?

Paul, Ernst, Gotthold
fallen auf die Knie
Schuldig, schuldig. Wehe uns Verlorenen.

Pafnutius So klingt das schon besser. Geht hin und handelt wie anständige Menschen, was, dies nebenbei, nicht leicht ist; dann seid ihr gerettet.

Paul, Ernst, Gotthold Nein, es ist zu spät.

Pafnutius Es ist niemals zu spät.

Ernst Aber wir haben dem Teufel unsere unsterblichen Seelen versprochen.

Pafnutius Na und?

Ernst Er hat es schriftlich.

Pafnutius Auch das noch. – Den Teufel! Den Teufel her, sage ich.

Paul Ob er wohl kommt?

Ernst Er kommt, ich rieche ihn.

Auftritt ein ungeheurer Ziegenbock, es ist der Teufel.

Teufel Wer schreit denn hier herum?

Pafnutius Sprich nicht, ich spreche. Wie nennst du dich?

Teufel Jupiter.

Pafnutius Nie gehört.

Teufel Hör mal, aber das ist stark. Wirklich? Nie gehört, sagst du? Jupiter, nie gehört?

Pafnutius Heißt du nicht Satan oder Uriel oder Meister Fliegendreck?

Teufel *vage* Nein, nein, weshalb sollte ich denn so heißen? Jupiter, bemühe dich doch, dich zu erinnern. Homer schreibt ja viel über mich.

Pafnutius Ich lese keine schöngeistigen Sachen.

Teufel Nein?

Pafnutius Über das Alter bin ich hinaus.

Teufel Was liest du denn inzwischen?

Pafnutius Memoiren, wenn es hochkommt.

Teufel Pech und Schwefel, so muß ich mich an die Arbeit machen und mein Leben überdenken.

Pafnutius Du solltest besser das Geheimnis der göttlichen Trinität ...

Teufel Halt, halt. Verlange von mir, was du willst, aber sprich den Namen nicht aus.

Pafnutius Wohlan. So gib diesen Elenden die Urkunden zurück, die du ihnen abgeschwatzt hast.

Teufel Abgeschwatzt? Ich ihnen? Du hättest dabei sein ...

Pafnutius Keine Erörterungen. Die Urkunden, sage ich, oder ...

Teufel Schon gut, hier sind sie. *Gibt Ernst und Paul seine Urkunde.*

Pafnutius Auch dem.

Teufel Dem auch?

Pafnutius Ja.

Teufel *gibt Gotthold die seinige* Ihr seid jetzt die Stärkeren, was? Ihr werdet sehen, wie man lebt, ohne Jupiter zu kennen. *Verschwindet.*

Pafnutius Erledigt. Ihr gehört wieder dem Herrn.

Ernst Du hast uns gerettet, heiliger Mann. Soll ich dir aus Erkenntlichkeit eine Büchse Filzlaussalbe zum halben Preis ablassen? Zehn Sestertien nur, das ist geschossen.

Pafnutius Nun ja, Filzläuse, in der Tat, sie sind eine schreckliche ... O du abgefeimter Spitzbube. Willst du dich wohl endlich aufführen, wie es sich für einen Geretteten schickt? Raus, ihr Proselyten. *Er jagt sie mit Fußtritten von der Bühne. Er sagt* Meine Straße führt nach Sirninum. *Ab.*

In der Herberge, Verschlag mit einem eisernen Ofen. Rosvitha. Auftritt, mit seinem Koffer, der Henker; er packt die Instrumente aus.

Rosvitha Könntest du dich nicht beeilen? Ich muß bekennen, das Warten fällt mir nicht leicht.

Henker Wegen der Angst, nicht wahr?

Rosvitha Wegen der Vorfreude.

Henker Vorfreude, Fräulein? Das tut mir wohl. Ich bin der beste Mann in meinem Fach, aber ich habe in den dreißig Jahren, die ich es ausübe, von keinem meiner Patienten auch nur ein würdigendes Wort vernommen.

Rosvitha Viele Leute sind sehr töricht. Sie glauben, das Leben ende mit dem Tode; deshalb können sie deine Kunst nicht achten.

Henker Das mag ihr Grund sein, aber es bleibt viel Selbstsucht dabei.

Rosvitha So mach endlich fertig und töte mich.

Henker Töten? Nein, nein, so weit sind wir ja nicht.

Rosvitha Was, bloß Folter?

Henker Keine Folter.

Rosvitha Boshaftes Scheusal, das du dich weigerst, mir zur Süße Gottes zu helfen. Siehst du nicht, daß ich vor Begierde fast platze?

Henker Iß nicht so viel Bonbons auf einmal. Du wirst Leibweh kriegen.

Rosvitha Ich kriege nie Leibweh.

Henker Nie? Erstaunlich.

Rosvitha Was aber hast du vor?

Henker Nichts, was der Rede wert wäre. Ich werde dich nackt ausziehn, anschließend wird Gallikan kommen und dich schänden.

Rosvitha Barmherziger Himmel, nackt ausziehn?

Henker Ja, das ist schon alles.

Rosvitha Ich verbiete es dir.

Henker Du brauchst dich vor mir nicht zu schämen, Jungfrau. Der Henker ist wie ein Arzt, der Mensch ficht ihn nicht an. Er erhält fürs Männchen den gleichen Handwerkslohn wie fürs Weibchen, das ist ihm ein Stiefel. Der Unterschied zum Arzt ist: die Kuren zum Tod gelingen sicherer als die zum Leben; jedenfalls galt das bis zu den Jesusleuten.

Rosvitha Jesus wird mir beistehen.

Henker Jesus wird dir nicht beistehen, und ich werde dir jetzt den Gürtel durchschneiden. Ich bitte dich also, daß du mir meine üble und grausame Tat verzeihen sollst.

Rosvitha Ich verzeihe dir.

Henker Ich danke dir.

Rosvitha An mir wird es nicht liegen, wenn du für ewig in der Verdammnis schmorst.

Henker An wem dann?

Rosvitha An deinen Schweinereien.

Henker Das war ein starker Ausdruck, an dergleichen mag ich mich nicht gewöhnen. Denkst du unverschämtes und störrisches Biest, ich hätte vergessen, wie du mich vor Diokletians Augen zum Spott gemacht hast? Noch heute erzählen meine Neider hinter der Hand, ich hätte deine Schwestern verfehlt. Wir wollen doch ausproben, ob ich dich verfehle. Nicht wackeln. *Er schneidet am Gürtel.* Nicht wackeln, sage ich. *Er schneidet.* Halte einmal die Schere, wir benötigen einer größeren. *Er schneidet, die Schere zer-*

bricht. Schund. Mit solchem Werkzeug soll der Mensch nun arbeiten. Na ja, wir werden das Problem auch noch lösen. Beginnen wir eben mit dem Gewand. *Er nimmt die große Zange, reißt an dem Stoff über ihrem Busen.* Warum reißt es nicht?

Rosvitha Es kann nicht.

Henker Was ist da?

Rosvitha Jesus, er steht mir bei.

Henker Jesus soll sehen, wer ihm beisteht, wenn ich ihn erwische.

Rosvitha Bemühe dich nicht, meine Unschuld genießt den Schutz des Himmels.

Henker Maul. Beide Hände auf den Ofen stützen, richtig. *Er hebt ihr von hinten den Rock hoch, es mißlingt. Er nimmt eine Brechstange, benutzt sie als Hebel; der Rock läßt sich nicht lüften; er arbeitet schwer.*

Rosvitha Willst du es nicht aufgeben?

Henker Der Rock ist schon oben.

Rosvitha Du täuschst mich.

Henker Ich sehe ja schon ein Stück Backe.

Rosvitha Was gibst du vor zu sehen?

Henker Ein Stück Hinterbacke. Wahrhaftig, es ist mehr an dir dran, als man zunächst so vermuten möchte.

Rosvitha Wie ward dir das bekannt?

Henker Wenn ich sie ja sehe.

Rosvitha Meine Hinterbacke?

Henker Gleich sehe ich die andere.

Rosvitha O du häßlicher alter Versucher, du willst meinen Glauben prüfen, aber Jesus läßt nicht zu, daß du zwei Hinterbacken von mir erblickst. Ich weiß, daß du schwindelst.

Henker *Wirft die Stange hin* Übersinnliche Scheiße. Aber warte, ich habe noch einen anderen Apparat eingepackt. *Er greift sich an die Hose.*

Gallikan draußen.

Gallikan Henker.
Henker Mein Caesar.
Gallikan Hast du sie ausgezogen?
Henker Du hast es mir befohlen.
Gallikan Komm heraus. *Henker kommt.* Ist sie hübsch?
Henker Nein.
Gallikan Das ist schlecht. Ist sie willig?
Henker Nein.
Gallikan Gut, so ist es besser, als wenn sie häßlich und dann auch noch willig wäre. Du kannst gehen. Geh schnell, ich bin in Hitze. *Der Henker fällt mit seinen Instrumenten hin, sammelt sie ein. Gallikan währenddessen*

Oft liebt man, was man haßt. Ich hasse
Keuschheit.
Und wie der Krieger, den nach Kampf gelüstet,
Den Feind liebt, der die Gegenarbeit schafft,
Lieb ich die Gegenwehr der keuschen Weiber,
Weil sie die Lust erst möglich macht des
Schändens.
Das Nein der Blödheit reizt mehr als das Ja
Aus Kennerinnenmund. Das unter Zwang
Gespreizte Bein bebt tiefer innen als
Das gern geöffnete. Entsetzens Kälte
Ist höchste Wirkung, gründlicherer Tod
Als den man sonst besorgt. Weiber, ich mag sie
Genotzüchtigt und ihre Bäuchlein blutig.
– Noch da, du Esel? Schließ mich ein, daß keiner

Ihr Schreien mithört und mein Wüten hindert.
Ich will verborgen sein, ich lege Wert drauf.
Geht hinein, der Henker schließt ab.
Noch einmal schließe um, dann geh auch du.

Henker *noch einmal schließend*
Ich geh und weg hier und zu meinem Kaiser.
Ab.

Gallikan Verzog er sich? Gut. – Rosie, bist du da?
Sei ohne Sorge, ich bins, Gallikan.

Rosvitha Der gute Caesar naht mit schlechtem Vorsatz.
Er denkt des Leibs und denkt der Seele nicht.
O hilf ihm, Jesus.

Gallikan Zeig dich her, mein Mädchen.

Rosvitha Tu Wunder, Herr, daß er nicht Böses tut.

Gallikan Hier steckst du ja.

Rosvitha Ich dort? Ich stecke hier?

Gallikan *hält den Ofen für Rosvitha*
Glaub mir, entkleidet bist du niedlicher.

Rosvitha Ach ja, es ist das Wunder, ich verstehe.

Gallikan Zwar hast du krumme Beine, kurz und krumme,
Aber ich mag das, wirklich. Fühlsamkeit
Wohnt in den fetten Gliedern. Die Gazelle
Hat überhohe Füße und ist trocken
Und faserig im Fleisch. Siehst du, dein Hals
– er liebkost das Ofenrohr –
Ist lang und anmutvoll, und einen Rumpf,
Runder als deinen, hielt ich nie im Arm.
Du mußt nicht zürnen, wenn, obgleich ein Mann,
Mit Blicken ich und Händen dich betaste.
Wer dir den Körper, denk mal, Rosie, gab,
Obs dein Gott war, ob meiner oder keiner,
Kann sein, daß er ihn so erfreulich fügte

Um andern Zweck als Freude? Kann mein
Streicheln
Dir derart schmecken, wie es, weiß ich, muß,
Damit du es nur ausspeist? Mach dich weich,
Mein Kind, du fühlst nicht, wenn du dich
verhärtest.
Wohl hast du Recht auf Glück nach deinem
Zuschnitt
Und darfst dich dem dir Falschen widersetzen,
Doch Widerstand mit allem Grund in sich,
Ein Widerstand nur für den Widerstand,
Taugt in der Liebe nicht und nicht im Staat.
Spür meine Lippen. Wie, du scheust mich noch?
Gut, Kind, ich bin kein Unmensch. Die Natur,
Bekanntlich, hat dem jungfräulichen Boden
Angst beigemischt, um zu vermeiden, daß
Unrechter Same aufgeh vor der Frist.
Wir sind mit uns allein und unbelauscht.
Versprichst du, vor der Welt zu tun, als ob,
Was sollte, wär und meine Pflicht vollzogen,
So laß ich ab und will mit einem Kuß,
Mit einem Busendrucke mich begnügen.
Den Rest empfang ich später, wenn du erst
Zu geben lerntest. Nein! auch hierauf Sträuben?
Rosie, so große Furcht ist ungezogen.
Ich bin der Caesar. Mehr: ein Mann, der liebt
Und Anspruch hat auf Beßres als ein Laß mich.
So schäbig dankst du mir mein Zartgefühl?
Jetzt muß ich dich besitzen. Meine Roheit
Setz auf die Rechnung deiner Störrischkeit.
Er wirft den Ofen um, sich drüber.
Verzeih, Liebste. Das Loch, wo ist das Loch?
Öffnet die Ofentür.

Was, ist es schon so groß?
Eine Rußwolke. Pfui, und so schwarz.

Trompeten.

Wer ruft?

Hauptleute mit den Legionen.

Hauptmann Die Schlacht.
Gallikan Sofort.
Hauptmann Sind wir zur Unzeit?
Gallikan Die Schlacht ist nie zur Unzeit.
Das Heer Heil dem Caesar.
Gallikan *geschwärzt, bricht die Tür auf und tritt vor das Heer*
Es wird ein Volk gegeben haben, Römer,
Genannt die Karpen, die, des Vorzugs halb,
Sich in den Nebelklüften selbst zu fressen,
Auf Kriegsart lärmten wider die Gesittung
Des sonst zerrissnen Erdballs, unser Reich.
Ihr werdet heute sie getroffen haben.
Ihr braucht euch ihren Namen nicht zu merken.
Das Heer Führe uns Gallikan.
Rosvitha O führ ihn, Jesus.

Dritter Aufzug

Feldherrenhügel

Bradan.

Bradan Das eitle Rom, dem fremder Völker Brauch
Sich malt als Unordnung, das spricht, nicht zuhört,
Und anders nicht als mit dem Schwert verhandelt,
Wird sich nach diesem Tag, wenn es sein Blut
Hinströmen sieht aus einem Weichenbiß,
Sehr wundern. Meine wilden Kämpfer sind
Nach vielen Siegen stark in Siegeslaune.
Der Platz hier auch ist gut. Er gibt allein
Vom vollen Schlachtental den Überblick.
Nichts weiter fleh ich heut, ihr Heidengötter,
Als daß dies wird, wie es wahrscheinlich ist.
– Wer naht? Ein römischer Hauptmann, einen Lappen
Erhoben statt der Lanze? Rom will hören?
Was hat das für Bewandtnis? Tritt herbei.

Hauptmann Mich sendet Gallikan. Er selber harrt
Am Fuß des Hügels, und er folgt mir schnell,
Wenn dir genehm ist, ihm das Ohr zu bieten.

Bradan Der Caesar ist willkommen.

Hauptmann Ich bestells. *Ab.*

Bradan Erhabene Stunde. Gallikan vor Bradan.

Gallikan.

Gallikan Mein königlicher Bruder, kurz und knapp

Nach Kriegerart, ich sitze in der Patsche
Und weiß mir nicht heraus, wenn du nicht hilfst.

Bradan Dem Adler Roms und Nennsohn des August
Erfüll ich jede Bitte, die ich kann.

Gallikan Das Treffen läßt sich gut an.

Bradan Es verspricht.

Gallikan Mein Heer füllt Grund und Hang des halben Felds.

Bradan Die andre Hälfte hält mein Volk besetzt.

Gallikan Ich sah die kühnen Recken stehn der Karpen.
Ihr Ruf ist furchteinflößend. Was ich sah
An Eisenmännern, Keulenschwingern, pfeilaussäenden Reitern, übertraf den Ruf,
Im Fall ich richtig sah.

Bradan Im Fall, wieso?

Gallikan Offen zu sein, ich sah sie ungenau.
Offen zu sein, ich säh sie gern genauer.

Bradan Wie deut ich dies Verlangen?

Gallikan König, schau,
Die andern Gipfel alle in dem Rand
Von dieser Schüssel Martis heben kaum
Sich merklich aus dem Boden, unwegsam
Sind ihre Kuppen, brombeerüberstachelt,
Und alles fehlt, wovon man Schatten hat.
Hier ist der Ort geschickt, ist Sicht aufs Ganze.
Und so ich dich in deiner Kunst nicht störe
Durch meine Gegenwart, so wär mir lieb
– Dies, edler Bradan, mein Begehr – die Schlacht
Vom selben Fleck her wie du selbst zu lenken.

Bradan Du sprachst zu lang, Caesar. Es ist eine kleine
Gefälligkeit.

Gallikan Du bist sehr aufmerksam.

Bradan Wohl, wann beginnen wir?
Gallikan Wanns dir beliebt.
Bradan Du bist der Gast.
Gallikan Dies kommt dem Hausherrn zu.
Bradan Die karpischen Reihen stehn bereit. Vielleicht
Fehlt dir noch was zu ordnen?
Gallikan Teurer Gegner,
Dem Römer folgt die Ordnung, wo er steht.
Bradan Nein, nein, nach dir.
Gallikan Wenn du erlaubst.
Bradan Ich wills.
Gallikan Zwar ists mir peinlich, aber deine Großmut
Verdient, daß man durch Artigkeit sie achte.
Bradan Ich danke dir.
Gallikan Es sei.
Bradan Nun.
Gallikan Dir zu Ehren.
Hauptleute, hebt die Adler.
Bradan Ins Gefecht.
Schlachtlärm.
Gallikan Die Plänkler sind zerschlagen.
Bradan Es sind Plänkler.
Gallikan Hilfsvölker, was?
Bradan Man nimmt sie mit dazu.
Gallikan Die Reiter setzt du rechts ein?
Bradan Ja, sie rollen
Dir gleich die Flanke auf.
Gallikan Wenn Feindesrat
Du nicht verschmähst: ich nähme sie zurück
Und führt den Angriff links. Links bin ich schwächer.
Bradan Dies leuchtet ein und dünkt mich vorzuziehn.
Doch hast du keinen Rückhalt in den Büschen?

Gallikan Wo?

Bradan Links.

Gallikan Links?

Bradan Ehrlich.

Gallikan Ehrlich, hab ich einen.

Bradan Ha ha, fast säße ich auf deinem Leim.

Gallikan Na, nichts für ungut.

Bradan Mann, wir sind im Krieg.
Ich laß sie, wo sie dir mißfallen, rechts.

Gallikan Die Burschen donnern wie die wahren Teufel.

Bradan Nun, deine Lanzentruppe hält sich brav.

Gallikan Ja, abgeschlagen.

Bradan Nur die erste Welle.
Was von der Mittelfront?

Gallikan Die Phalanx steht,
Ein glühender Turm von Bronze, pfortenlos.

Bradan Sie steht, doch rückt nicht vor.

Gallikan Der Tag ist lang.
– Hauptmann.

Hauptmann, mit ihm Rosvitha.

Hauptmann Mein Feldherr.

Gallikan Zwei illyrische
Kohorten an den rechten Flügel.

Hauptmann Ja. *Ab.*

Bradan Und wer ist das?

Gallikan Wer?

Bradan Dieses sanfte Mädchen?

Gallikan Das? Richtig, Bruder, ich vergaß, ich hab
Mein kleines Nuttchen heut mit hergebracht.
Sie hats mir abgeschwatzt, im Bett. Verzeih,
Sie will mich unbedingt mal siegen sehn.

Bradan Das wird sie nicht, ha ha.

Gallikan Wetten, sie wird.
Bradan Es tut sich wenig.
Gallikan Ja, das Ding geht zäh.
Wie wärs mit Käse?
Bradan Du hast Käse?
Gallikan Hier,
Und Zwiebeln.
Bradan Mann, das ist, wonach mir ist.
Ich dachte, Rom speist Pfauen nur aus Samos
Und Austern aus Tarent.
Gallikan Nicht, wo ich Rom bin.
Rosvitha Wir weichen.
Gallikan Wo?
Rosvitha Dort, dort am linken Flügel.
Weshalb nur zogst du die Illyrer ab?
Gallikan Davon verstehst du nichts.
Bradan Sie hat doch recht.
Rechts gegen meine Reiter sind sie nutzlos,
Links fehlen sie.
Gallikan Hauptmann.
Hauptmann. Was du noch hast,
Nach links.
Hauptmann ab.
Wie schmeckt der Käse, König?
Bradan Köstlich.
Gallikan Am besten geht er mit dem roten Chier.
Bradan Er mundet auch nicht schlecht zu Römerblut.
Gallikan Ein Witz.
Bradan Du bist nun rechts wie links im Wanken.
Gallikan Es juckt mich nicht, solang die Mitte steht.
Rosvitha Siehst du die Wolke, Caesar?
Gallikan Welche?
Rosvitha Die.

Gallikan Was solls mit ihr?

Rosvitha Wenn ein Gewitter käme.

Gallikan Das ist ein Sommerdunst, der gleich zerrinnt.

Rosvitha Ich meine ja nur, wenn.

Gallikan Was dann?

Rosvitha Nun ja,
Die karpischen Schwerbewaffneten, sie tragen
Doch Eisenhelme und mit blanken Spitzen?

Bradan Richtig.

Gallikan Hör auf.

Rosvitha Sie müßten also doch
In einem wohlgezielten Donnerwetter
Vom Blitz erschlagen werden.

Gallikan Unsinn. Schluß.

Rosvitha Ich könnte, will ich sagen, Jesus bitten . . .

Gallikan Auf keinen Fall.

Rosvitha Du glaubst ja nicht an ihn.

Gallikan Natürlich nicht.

Rosvitha Warum dann darf ich ihn
Nicht bitten?

Gallikan Weil es sich nicht schickt, deshalb.
Rosvitha betet.
Ich sag dir, laß die Finger von der Wolke.
Kannst du nicht hören?

Rosvitha Aber Gallikan,
Ich habe keinen Finger an der Wolke.

Gallikan Ich meine, mache nichts mit ihr.

Rosvitha Was sollte
Ich mit ihr machen?

Gallikan Da, sie kommt doch näher.

Rosvitha Ja, das Gewitter, siehst du, es zieht auf.

Unwetter.

Bradan Weh, meine Schwerbewaffneten.

Gallikan Unfaßbar.

Wie tausend Dolche zucken tausend Blitze
Auf jeden Mann, sein Rettendes, das Eisen,
Zieht ihm den Tod ins Hirn. Und in des Quells,
Des nahgelegnen, sonst nach Himmelsfeuer
Stets durstige Kehle fällt nicht einer. König,
Sieh mich beschämt. Du glaubst an Hexerei
Nicht mehr als ich. Doch auch untaugender
Versuch zum Schimpflichen bedeckt mit Schimpf.
Ich wollt, sie lebten.

Bradan Was geht immer schief.

Es war ein Unglücksfall und einberechnet
Im Überschlag des Glücks. Die Schleuderer marsch,
Die Bogenschützen.

Gibt durch Zeichen Befehle.

Gallikan Gut.

Bradan Es kommt noch besser.

Die Hunde.

Bellen.

Rosvitha Was ist das?

Gallikan Molosser Hunde.

Da siehst du, Rosie, dem die Niederlage
Beschlossen ist, dem hilft kein Zauberkniff.

Rosvitha Wahrhaftigen Gottes, er gewinnt aufs Neue.

Gallikan Und bete mir nicht wieder.

Rosvitha Nicht, weshalb?

Gallikan Sieg ist unmöglich.

Rosvitha Caesar, du begehrst

Doch das Unmögliche wie jedermann,
Und willst doch nicht versuchen, es zu tun?

Gallikan Du irrst dich, Rosie. Ich versuche, es
Nicht zu begehren.

Rosvitha Laß mich beten.

Gallikan Nein!
Es geht um meine Ehre.

Rosvitha Es geht darum,
Daß wir das Feld behaupten.

Gallikan In der Tat,
Du bist am schlimmsten, wenn du praktisch bist.
Was liegt dir eigentlich an meinem Sieg?

Rosvitha Du mußt die Heiden schlagen.

Gallikan Bin ich keiner?

Rosvitha Du siegst, Gott will es, für das Reich der
Christen.

Gallikan Das Christenreich? Wo soll das liegen?

Rosvitha Bald.
Der Tag ist nah, wo eingerenkt die Glieder
Der kranken Erde sind. Das alte Rückgrat
Mit Petri Grab, dem Dom der Katakomben,
Der Märtyrer unschätzbarem Gebein,
Es sinkt beruhigt in sein mittleres
Gelenk zurück. Wo, wenn er wiederkommt,
Soll Jesus wohnen als in Rom.

Gallikan Zu blöd.
Was du da schwatzt, da hör ich gar nicht hin.
Aber ich sag dir was: um dein Gefasel ganz
Zerstört zu wissen, ist mir beinah lieb,
Daß wir inzwischen schon verloren haben.

Rosvitha Was haben wir?

Bradan Triumph.

Karpisches Siegesgeschrei.

Rosvitha Gott, wende noch!

Gallikan Wie jetzt?

Bradan Wir fliehn?

Römisches Siegesgeschrei.

Gallikan Nein, das ist ekelhaft.

Bradan O Pein der Schmach.

Gallikan O Übermaß der Schande.

Sie wenden sich ab.

Auftritt der Hauptmann.

Hauptmann Höchst unerwartet, Herr, der Tag ist unser.
Uns kam Entsatz. Der Karpe staunt und stirbt.
Du glaubst mir, Caesar, nicht? Du willst nicht sehen?

Gallikan Ich will nicht sehen.

Rosvitha Melde uns das Wunder.

Hauptmann Drei Männer nur, die zu uns stießen, doch
Jeder drei Heere wert. Zumitten ficht
Ein kleiner Kerl, der Tracht nach ein Vandale,
Und schlägt und haust, und keiner hält ihm stand.
Am rechten Flügel geht ein schielender Mensch
Mit einem Kästchen vor dem fetten Leib.

Rosvitha Mit einem Kästchen?

Hauptmann Richtig.

Rosvitha Es enthält
Ein Knöchlein wohl von einem Martermann.

Hauptmann Nein, Läuse.

Rosvitha Läuse?

Hauptmann Filzläuse. Sie quellen
Wie eine graue Lava aus dem tiefsten
Krater des Widerlichen und ergießen,
Die Beine hoch den Rossen überziehend,
Sich auf den stolzen, pfeilbewehrten Reiter,

Der schaudernd abspringt und, sich kratzend, fällt.
Links aber . . .

Rosvitha: Links?

Hauptmann: Nun, Rom hat freie Bahn.

Rosvitha: Wer schafft ihm die?

Hauptmann: Feldherr, es sagt sich schlecht
Vor einer Dame.

Gallikan: Sprich, und ohne Scham.
Das Ding ist abgebrühter als wir alle.

Hauptmann: Beim linken Heer erscheint ein linker Bursche
Von höchst verwestem Schick, ein halber Leichnam
Und ungescheuertes Skelett. Er tritt
Vor unsern goldnen Adler hin und läßt
Die Hosen runter. Die molossischen Rüden,
Die doppelt mannsgroßen, verlieben sich
In seine dürr und duftenden Hinterbacken
Und lecken ihn, und folgen, wo er geht.
Er aber, zu dem Felsgrund führt er sie
Des Quellbachs, hängt sich da an eine Wurzel,
Und die Molosser, geil, ihn anzuspringen,
Verfehlen ihn und liegen nun zerschmettert.
Du glaubst mir nicht?

Gallikan: Ich will nicht.

Trompeten.

Hauptmann: Da, du mußt.

Gallikan: Den Sieg denn will ich glauben, nicht den Hergang.

Hauptmann: Du mußt auch das. Hier kommen unsre Engel.

Paul, Ernst, Gotthold; sie knien vor Rosvitha.

Ernst: Heilige Rosvitha, auf dein frommes Bitten
Haben wir dem Gallikan den Sieg erstritten.

Paul Wir wandelten in Gott den Lasterpfad.
Das krumm Vergangene, Er biegt es grad.

Gotthold Für diesen Tag hat Er uns aufgehoben.
Wir ziehn den Hut. Den Sold bezahlt man oben.
Sie ziehn den Hut und sterben.

Rosvitha Es ist vollbracht. Genieße deines Glücks.

Bradan Weh, Freiheit, Ehre, Land, alles verloren.
Stürzt sich ins Schwert.

Gallikan Wasser.

Rosvitha Was fehlt dir, Gallikan?

Gallikan Mich dürstet.

Rosvitha Trink aus dem Quell.

Gallikan Fließt hier ein Quell? Ich hab ihn
Bislang ja nicht bemerkt.
Trinkt.

Rosvitha Du kennst ihn.

Gallikan Nein.

Rosvitha An diesem Quell ja unterm Blitzstrahl sanken
Die Schwerbewaffneten.

Gallikan Nein, der fließt drüben.

Rosvitha Ich hab ihn hergebetet.

Gallikan Nein.

Rosvitha Laß nachsehn.

Gallikan Das will ich. Hauptmann.

Hauptmann Caesar.

Gallikan Geh und prüfe,
Ob jenes Rinnsal du und Hundegrab
Am Ort, worein Natur es senkte, findest.

Hauptmann Ich eile, Caesar.
Ab. Nach einer gewissen Weile zurück.
Er ist weg.

Gallikan Der Quell?

Hauptmann Das Bett ist leer, die Wasser sind versiegt.

Gallikan Du sahst schlecht hin.

Hauptmann Ich prüfte, Herr, sein Wegsein
Erst mit dem Fuß, den durch den Burzeldorn
Ich schob; dann nahm ich auf mich, mit der Zunge
Den Sand zu lecken: Herr, der Sand ist trocken.

Rosvitha Du mußt dich schon gewöhnen, mir zu glauben.

Gallikan Glaubst du mir denn?

Rosvitha Ja, Römer.

Gallikan Dann vernimm.
In meiner Stadt lebt eine alte Freundin
Mit Namen Thais, einst mir eng vertraut
Und noch, die in den seltsameren Künsten
So sehr geschickt ist dieser Fleischeswelt,
Daß sie den reinst und unschuldvollsten Jüngling
Zum Wollüstling, die anständigste Frau zur
Verworfnen macht. Ihr übergeb ich dich
Zu leichten Händen. Sie, mit Rat und Beispiel,
Soll, was ich nicht vermocht, an dir bewirken.
In ihrem Bett wirst du als Lehrling gehn.

Vierter Aufzug

Haus der Thais

Pafnutius.

Pafnutius Ich habe mir von einem christlichen Bruder seinen Steuereinnehmersmantel geliehen, damit die Buhlerin Barvermögen bei mir vermutet; es gehört ja zu meinem Plan, daß ich liebenswert erscheine. Der Pförtner war bereits sehr höflich. Er hat mich mit Herr angeredet. Geschmeiß, alle. O Herr, ich erkenne, daß du uns den Ekel an der Welt als dein bestes Geschenk gegeben hast; er macht uns den Tod, den wir sonst fürchten würden, zum erwünschten Freund. Ich bin nun bald vierzig, Herr, und habe die Schöpfung begriffen; segne deinen Diener und lasse ihn bald sterben. *Greift nach einem Flacon.* Syrisches Glas. Persische Essenzen. Armes Tier, das ist, woran du hängen mußt. Und du wirst mich für ebenso verblendet halten, wie du bist, und mit dem Fleisch schaukeln, welches das Gerippe deines Beckens notdürftig verhüllt, und du wirst deine Täuschung über dich selbst zu befestigen trachten, indem du dich anstrengst, mich zu täuschen. O Herr, ich danke dir, es ist wieder einmal durch und durch zum Kotzen.

Thais.

Thais Sei willkommen, Fremder. Mein Verwalter sagt mir, du begehrtest mich zu sehen.

Pafnutius Der Ruhm deiner Schönheit, der, wie ich wahrnehme, kleiner ist als deine Schönheit, ist weithin zu mir gedrungen. Aber ich bin hochbetagt, ich weiß nicht, ob ich dir gefallen kann.

Thais Mir gefällt jeder, dem ich gefalle. *Legt den Riegel vor.*

Pafnutius Du meinst vielleicht in Wahrheit, dir sind alle im selben Maß gleichgültig?

Thais Hierin irrst du, Fremder. Sie sind mir alle gleich widerwärtig. Mit den Männern in Sirnium steht es wie mit den Bananen in Sirnium: man bekommt nur entweder unreife oder verdorbene.

Pafnutius Halt, was willst du mit der Duftflasche?

Thais Schmeißen.

Pafnutius Das Glas ist überaus kostbar.

Thais Syrisch.

Pafnutius Der Wohlgeruch einmalig.

Thais Persisch.

Pafnutius Ihr Besitz macht dich beneidenswert.

Thais Ja, ich kann mit ihr schmeißen. *Wirft sie auf den Boden.* Ach, mein Herr, ich wollte, es käme einer des Wegs, um mich aus dieser unbeschreiblichen Langweile zu erlösen und mich von meinem häßlichen und überflüssigen Treiben zu bekehren.

Pafnutius Etwa wohl ein heiliger Mann der Christen?

Thais Ja, am besten ein heiliger Mann der Christen.

Pafnutius Forderst du mich nicht auf, den Mantel abzulegen?

Thais Lege ihn ab, wenn du mußt.

Pafnutius *tut es* Sieh her, Verlorene.

Thais O, du bist ein gesegneter Eremit. Dich hat Gott zu mir gesandt, ich erkenne es, du bist seit Jahren nicht gewaschen. Ich bitte dich, Vater, lege mir die strengsten Bußen auf; denn mein Leben war Schlamm, und mein Herz ist voll Niedertracht.

Pafnutius Zerknirsche dich doch nicht so tief. Manches spricht bestimmt für dich.

Thais Ich denke auch, daß einiges zu meiner Rechtfertigung zu sagen wäre.

Pafnutius Ich wüßte freilich nicht, was.

Thais Ah, ich bin ein Greuel, nicht wahr? Ein Gestank und ein Unrat. Ich bin abstoßender als ein Wurm.

Pafnutius Nicht übertreiben, Schätzchen.

Thais So beginne doch endlich mit meiner Bekehrung.

Pafnutius Ist deine Gier nach Gott wirklich so groß?

Thais Unendlich groß, mein Vater.

Pafnutius Weshalb?

Thais Die Gier nach Gott ist die einzige, die nicht durch Sättigung endet.

Pafnutius Steht es so? Dann will ich dir die Anfangsgründe der Christenlehre beibringen.

Thais *kniet hin. Es klopft.* Fort. Wer stört mich hierbei?

Hauptmann *draußen* Mach auf, Thais. Ich bin es, Sisinius, der Hauptmann des Gallikan.

Thais Sisi, es geht wirklich nicht.

Hauptmann Befehl des Caesar.

Pafnutius Öffne. *Legt den Mantel um.*

Thais öffnet. Hauptmann mit Rosvitha.

Hauptmann Du hättest dich um unseretwillen nicht zu bedecken brauchen, Bürger. Das Fräulein ist zwar fürs erste noch Jungfrau, aber je toller es hergeht, so wünscht es der Caesar, desto besser.

Thais Wer ist das unglückliche Kind?

Hauptmann Die Tochter des Diokletian und nachfolgende Sklavin des Gallikan, die sich aber in beiden Verrichtungen sehr ungefällig gezeigt hat. Du möchtest sie, bittet der Caesar, als Gehilfin annehmen, für Beistandleistungen und Handreichungen; sie soll dein Geschäft gleichsam von der Pike auf einüben. Sie ist Christin, und der Caesar vertraut deiner Meisterschaft die Aufgabe an, sie von dieser Schwermut zu heilen.

Thais Sie ist Christin?

Hauptmann Das ist der eigentliche Haken.

Thais Ich behalte sie. Und bestelle dem Caesar, er wird sie, er komme, wann er will, als das nämliche wiederfinden, was ich bin.

Hauptmann Auf dich ist Verlaß. Ans Werk, Bürger, es soll dich diesmal mit zweien nicht mehr kosten als mit einer. Oder sind dir zwei zu viel?

Pafnutius Nein, Hauptmann. Ich wünschte mir tausend.

Hauptmann Die schartigen Degen sind die tapfersten. Machs gut, Thais. Die Kleine heißt Rosvitha.

Thais Machs gut, Sisi. *Hauptmann ab.*

Rosvitha Meine Schwester, du bist höchst lasterhaft und höchst unglücklich.

Thais O ja, das bin ich. Vernimm . . .

Rosvitha Nicht wahr, aber fasse Zuversicht; kein Laster ist so beleidigend, daß Jesu Großmut es nicht vergeben könnte. Du kannst dir nicht vorstellen, Schwester, wie lasterhaft zum Beispiel ich bin. Deine Laster dulden keinen Vergleich mit meinen. Ich nasche Zuckerzeug wie eine Raupe, ich komme überall hin zu spät, und ich hadere mit dem Herrn, obgleich ich ihm so sehr verfallen bin. Die Sehnsucht, in seinen Arm zu sinken, macht mich störrisch und unleidlich; es geht so weit, daß ich die Fäuste balle und mit den Füßen aufstoße, wenn wieder ein Tag vergangen ist und ich die Marterkrone wieder nicht erhalten habe, wobei schließlich klar sein sollte, daß er den Tag in seinem unerforschlichen Ratschluß am richtigsten bestimmen kann. Es gibt viele Laster, Schwester, ich habe sie alle; aber die Ungebärdigkeit in der Sehnsucht ist vielleicht das bemerkenswerteste unter ihnen, und es wäre schon ein großes Wunder, wenn Jesus es mir verziehe, bei aller Liebe.

Thais Wollen wir nicht auch von meinen Lastern reden?

Rosvitha Tue ich das nicht?

Pafnutius In der Tat, du sprichst ausgezeichnet, aber wer Einfluß nehmen will, sollte gelegentlich auch zuhören.

Rosvitha Zuhören auch?

Thais ab, Rosvitha und Pafnutius folgen.
Vor dem Haus Gallikan, Hauptmann.

Gallikan Geht es vorwärts?

Hauptmann Du folgst mir sehr schleunig. Das Fräulein ist keine halbe Stunde hier.

Gallikan In einer halben Stunde kann viel getan sein. Ich prüfe die Ausführung meines Befehls, ich verlange zu erfahren, um welche Strecke wir in dieser halben Stunde vorwärts gekommen sind.

Hauptmann Weit, nach dem, was mir der Verwalter zuträgt.

Gallikan Was machen Rosie und Thais?

Hauptmann Sie sitzen bei Musik am Feuer . . .

Gallikan Bei Musik, so beginnt Ausschweifung.

Hauptmann Beschäftigen sich mit ihren Schätzen und Geschmeiden ...

Gallikan Mit den Geschmeiden, da ist sie auf dem Weg.

Hauptmann Und freuen sich in Erwartung ihres gemeinsamen Bräutigams.

Gallikan Ihres Bräutigams, sagst du das?

Hauptmann Ja.

Gallikan Ihres gemeinsamen?

Hauptmann So sagt der Verwalter.

Gallikan Nun, das ging schneller, als ich voraussetzte. Wir sind ganz schön weit vorwärts, ganz schön weit. Endlich hat sie erfaßt, was sie sollte; sie gibt sich mit dem Vergnügen zufrieden und denkt sich die Wunder dazu. Ich will hineingehn.

Auftritt im Haus Thais, gefolgt von Rosvitha und Pafnutius, alle mit Kleidern und Juwelen beladen. Sie werfen die Schätze ins Feuer.
Gallikan.

Gallikan Thais, alter Heimathafen, wie läuft die Schiffahrt? *Küßt sie.* Ich habe inzwischen die Karpen geschlagen, Rosie wird es dir erzählt haben. Was hast du da überm Schoß? Ist das nicht der Brokat, den ich dir mitgebracht habe? Er macht dir Spaß, was?

Thais Heute ja, Gallikan. *Wirft den Brokat ins Feuer.*

Gallikan Ich hatte ihn aus China. Ich meine, der Mann, den ich hatte, war aus China. Wirfst du die Pantoffeln auch ins Feuer?

Thais Wenn es mir doch Spaß macht. *Tut es.*

Gallikan Es waren die mit den goldenen Sohlen, oder?

Aber gut, Kinder, ich bin kein Spielverderber. Ich erobere schon wieder was. Ist das die tyrische Schminke für die Brustwarzen?

Thais Richtig gemerkt.

Gallikan Ins Feuer. *Er wirft sie hinein, alle lachen.* Macht Spaß, was? Warum ist keine Musik?

Rosvitha Aber wir haben Musik, Gallikan.

Gallikan Ich höre nichts.

Rosvitha Du hörst nicht hin.

Gallikan Ich kann nichts hören. Wo ist das Orchester?

Rosvitha Oben.

Gallikan Wieso?

Rosvitha Die Planeten sind das Orchester.

Gallikan Ha ha, die Planeten. Wie heißt das Stück, das sie spielen?

Rosvitha Die Harmonie der Sphären. Es gibt kein süßeres, Gallikan.

Gallikan Und warum höre ich es nicht?

Thais Ja, warum hört er es nicht?

Pafnutius Hierfür pflegen verschiedene Gründe angeführt zu werden: der Umstand, daß man den Klang der Sphären von Geburt an gewöhnt ist, die aufsaugende Dichte des Äthers oder aber die Vorsorge Gottes, der nicht will, daß der Mensch durch Verzückung an diesen Tönen vorzeitig von der Lust der Ewigkeit erfahre und von seinen weltlichen Bewandtnissen ganz abgebracht werde. Wie dem sei, Tatsache ist, daß kein sterbliches Ohr sie zu erlauschen vermag.

Gallikan Ich denke, diese Mädchen hören sie?

Pafnutius Im geistigen Ohre.

Gallikan Was ist das?

Pafnutius Ihr Verlangen, sie zu hören.

Gallikan Verlangen ist nicht Hören.

Pafnutius Es ist mehr.

Gallikan Da bin ich anderer Meinung.

Pafnutius Ja, du bist ein Dummkopf.

Gallikan Du heißest deinen Kaiser einen Dummkopf?

Pafnutius Ich habe die Gewohnheit, alle Personen, die anderer Meinung sind als ich, Dummköpfe zu heißen. Ich hatte zu selten Anlaß zu gegenteiligen Erfahrungen.

Gallikan Du meinst, du hast noch keinen getroffen, der klüger war als du?

Pafnutius Doch, einen.

Gallikan Wen?

Pafnutius Mich.

Gallikan Ich mag Spaß, aber du bist ein sehr unverschämter Bräutigam.

Pafnutius Das ist wieder dumm.

Gallikan Wie, bist du nicht unverschämt?

Pafnutius Ich bin nicht der Bräutigam.

Gallikan Ich hätte es mir sagen können. Du trägst ein gutes Kleid, wie ein Beamter, vermagst jedoch bis zu einem gewissen Grade zu denken. Ich folgere also, daß du der Kuppler bist.

Pafnutius Diesmal irrst du nicht, mein Amt ist Kuppeln. Es wird aber, was mich ein wenig verdrießt, in diesem Haus nicht benötigt.

Gallikan Weshalb nicht?

Pafnutius Die Damen lieben meinen Auftraggeber auch ohne meine Überredungskunst. Ich wünsche dir ein ewiges Leben, Caesar. *Geht.*

Gallikan Ich wünsche dir, daß du dir auf der Schwelle den Hals brichst.

Pafnutius Das wäre zu viel Glück. Trotzdem: danke. *Ab.*

Gallikan Schuft von einem Kuppler. Wer ist der Bräutigam? Rosvitha!

Rosvitha Du nennst mich Rosvitha?

Gallikan Ich nenne dich Rosvitha.

Rosvitha Du bist wohl böse?

Gallikan Antwort. Wer ist der Bräutigam?

Thais Unser Bräutigam ist Jesus.

Gallikan Jesus!

Rosvitha Ja, aber das weißt du doch längst, Gallikan.

Vorm Haus, Emmerich und Pafnutius.

Emmerich Wohin, Pafnutius, mein Bruder?

Pafnutius Bist du es, Emmerich? Höre, du magst zufrieden sein; die Buhlerin Thais ist ganz umgewandelt und ein fleckenloses Lamm in Christi Herde.

Emmerich Ja, aber wohin lenkst du deine Schritte?

Pafnutius Heim in den Wald; denn es zieht mich zu dem harzigen Duft der Pinien und den Spinnweben, die zwischen den Stämmen hängen.

Emmerich Ich beklage deine Lauheit, mein Bruder Pafnutius. Willst du mir nicht in die Hauptstadt folgen?

Pafnutius Welche Hauptstadt?

Emmerich Diokletians Hauptstadt, Nikomedeia.

Pafnutius Höchst ungern, mein Bruder Emmerich. Was für ein Gewerbe hast du denn da wieder aufgestöbert?

Emmerich Vernahmst du nicht, daß der Heidenkaiser zurückgekehrt ist?

Pafnutius Nein.

Emmerich Er feiert seinen Sieg über die Alemannen in einem sehr stattlichen Triumph. Dies aber, so denke ich, ist die Gelegenheit für alle wahrhaften Brüder im Glauben, die Gassen zu füllen und die Freiheit zu verlangen und dem götzendienerischen August die Meinung zu sagen.

Pafnutius Vielleicht will er sie nicht wissen.

Emmerich Vermutlich nicht.

Pafnutius Nun, so mache ich mich doch gleich auf den Heimweg.

Emmerich Er will unsere Meinung nicht wissen; daher wird erforderlich, daß wir sie mit seltenem Nachdruck und ausgefallenen Mitteln vortragen. O mein Bruder Pafnutius, erkennst du denn nicht, daß Rom untergeht?

Pafnutius Warum glaubst du, daß ich Christ bin?

Emmerich Auf nichts mehr ist Verlaß; wer als Kaiser aufsteht, schwimmt abends in der Kloake, die Tischler machen wacklige Bänke. Die Sitten der Elemente sind aus den Zügeln wie die der Menschen. Die Dürren fallen auf den Winter, die Regenzeiten auf den Sommer, der Römer betet die skythischen Götter an, der Skythe die römischen. Die Graupen werden jeden Tag teurer und die Philosophen jeden Tag billiger. Die öffentlichen Plätze sind voll von Räuberbanden, Schauspielern und geheimen Polizisten; der Kaufmann zweifelt am gemünzten Geld wie am Schuldbrief und treibt Barren auf, um sie in seinem Garten zu beerdigen; zwei Handwerke blühen noch, das der Hurenwirte und das der Konkursverwalter.

Pafnutius Malst du die Lage nicht übermäßig schwarz?

Emmerich Ein Krieg folgt dem anderen.

Pafnutius Hieran ist nichts Neues.

Emmerich	Die Post findet den Empfänger nicht mehr.
Pafnutius	Die Post, das ist freilich wahr. Wenn es sich denn nicht vermeiden läßt, mein Bruder Emmerich, gehen wir nach Nikomedeia und sagen dem Augustus die Meinung.
Emmerich	Du hast es also eingesehen, mein Bruder Pafnutius?
Pafnutius	Ich muß wohl.
Emmerich	Du gehst nach Nikomedeia?
Pafnutius	Du nicht?
Emmerich	Weißt du, mein Bruder Pafnutius, wenn du mußt, so geh.

Fünfter Aufzug

Palast in Nikomedeia

Der Henker, wartend. Vom Triumph kommen Diokletian, Fides, Spes, Gallikan, Rosvitha. Gefolge.

Diokletian Es ist was wie eine Störung in den Himmeln.
Zwar das Getriebe läuft der Sternenkörper,
So wie es muß und vorberechnet ist,
Doch eine dunkle Kraft, scheint uns, durchscheuert
Die Gunst der Strahlen. Rom, wie immer, siegt.
Nur, das ist neu an dieser Zeit, es wird
Des Siegs nicht froh. Der uneinträgliche
Sieg tilgt die Kosten nicht. Gewinn zahlt drauf.
In jedem Plan steckt Unart. Vom Triumph
Kehrt der Augustus heim zu andrem Ärger.
Zurück denn zum Geschäft.

Gallikan Mein Herr und Vater.

Diokletian Warte, Gallikan, warte einen Augenblick. *Zum Henker* Wie geht es deinem Hund, frißt er noch nicht?

Henker Nein, mein Kaiser. Wenn ich ihm ein rohes Ei, in Honig verrührt, mit der Hand eingebe, so speit er es mir aus.

Diokletian Ich hoffe in der Tat, daß es nicht die Staupe ist.

Henker Bestimmt nicht. Aber seine Augen sind entzündet.

Diokletian Tränen sie?

Henker Ach, sie sondern sogar eine eiterige Flüssigkeit ab; dennoch ist sein Blick so seelenvoll und verständig wie stets.

Gallikan Verständig, woran erkennst du das?

Henker Er vertraut mir, mein Caesar.

Gallikan Diokletian, hast du uns, Rosvitha und mich, von Sirnium abberufen, um uns das Gewäsch dieses Elenden anzuhören?

Diokletian Personal will bedient werden, das ist so.
– Zurück denn zum Geschäft. Indem das Reich
Mit einer Faust den Alemannen würgte,
Schlug mit der andern es, dem Gallikan,
Den struppigen Karpen. Wie dem Sohn geziemt,
Tat er dem Vater gleich, und Anspruch hat
Er auf den Festzug, minder nicht als ich.
O Gallikan, ich neide ihn dir wenig.
Was für ein Tag das. Was für Volk am Rand.
Das Stinken ihrer Frömmigkeit verletzte
Die Nasen unsrer duftgewohnten Götter,
Und ihrer Stimmen schmutziges Geräusch
Sank, eine heisere Wolke, quälend über
Nikomedeias Kuppeln. Eine Massen-
demonstration von Einsiedeln. Das mir.
Natürlich: der sie einrief, ein gewisser
Pafnutius, ist dingfest, die Arena
Wird ausgebaut, ein schneller Auftrag ist
Ins Land Pannonien unterwegs um Bären.
Doch seh ich Weiterungen ab der Sache
Und starken Zwang, daß ich ihr Einhalt tu.
Und eh ich deiner Ehrung, Gallikan,
Wie billig, Platz geb, dulde noch drei Sätze.

Gallikan Hier wird besprochen, was du ansprichst.

Diokletian Ja.
Rosvitha, sag uns, wie es mit dir steht.
Antworte uns nicht flink. Du weißt den Sinn

Von unsrer Frage und wohin sie zielt.
Willst, unter sonstigen Unfugs Widerruf,
Du zugestehn, daß in dem weiten Rom
Kein Gott ist als August, und Jupiter,
Von dem der abstammt? Übereile nichts.

Rosvitha Was ich bekennen muß, wird nicht gemodelt
Von Ort noch Stunde oder dem, der lauscht.

Diokletian Nie schadet Überlegung. Überleg
Dir, was du sagst. Du sprachst bereits. Du sprichst
Nur einmal noch. O sprich: ich schwöre ab.
Zeigt auf den Henker.
Der Mann ist dir bekannt?

Rosvitha Ja, er ist lustig.

Diokletian Vernimm, bevor du anbeginnst, die Schwestern.

Rosvitha Sie wissens schwerlich anders als ich selbst.

Fides Die Macht der Himmlischen erweist sich hier.
Schau doch, Rosvitha, hin: der Vater opfert
Dem Jupiter und siegt.

Spes Das ist ein Zeichen.

Fides Der alte Himmel steht wohl noch. Gib nach.

Rosvitha Ihr ärmsten Wesen.

Diokletian Rede so nicht fort.

Rosvitha Ich liebe Jesus, und du bist kein Gott.

Diokletian Du wünschst zu sterben, stirb. Es war schade um
Die viele Zeit.

Gallikan Sie ist nicht schuldig.

Diokletian Was?

Gallikan Sie sprach nur, was sie muß. Muß nicht die Frau
Denselben Himmel loben wie der Gatte?

Diokletian Doch wohl.

Gallikan Rosvitha ist mein Weib.

Diokletian Seit wann?

Gallikan Seit du sie mir vertrautest.

Diokletian Eh, als Sklavin.

Gallikan Des Kaisers Tochter hat man nicht zur Magd.

Diokletian Nun, selbst im Fall . . .

Gallikan Ihr Wille ist der meine.
Ich bin ein Christ, sie folgt mir hierin nach.
Wenn hier ein Kopf fällt, muß es Caesars sein.

Diokletian Warum nicht beide, deiner nicht und ihrer?

Gallikan Dagegen ist kein Grund. Warum nicht beide?

Diokletian Das hat dir nicht geholfen, Guter. Das
War schlau, das war höchst menschlich. Das war mir,
Erlaube schon, zu wenig kaiserlich.
Nein, du enttäuschst mich, Gallikan, mein Sohn.
Du bist zum Herrschen mannigfach veranlagt,
Doch wer ein Volk zu ordnen hat, darf nie,
Mit ihm zu fühlen, in Versuchung kommen.
Ihr Urteil gilt und deins. Dein Kopf, mit dem
Du ihren retten wolltest, ist verloren.

Rosvitha Von deinen Wundern, Gott, war dies das größte.

Gallikan Was für ein Wunder?

Rosvitha Das an dir.

Gallikan Welches?

Rosvitha Daß du bekehrt bist und im Glauben stark.

Gallikan Sei doch nicht albern.

Rosvitha Bist du denn kein Christ?

Gallikan Natürlich nicht.

Rosvitha Nicht?

Gallikan Nein.

Rosvitha Und tatest das?
Dann bist du einer.

Gallikan Denk mal, Rosie: wenn
Dein Gott so mächtig wäre, wie du wähnst,
Weshalb kein Wunder, uns vom Tod zu
heilen?

Rosvitha Vom Tod geheilt, o Gallikan, du bists.
Du stirbst als Zeuge, gehst ins ewige Leben,
Und sicher darf ich sein, dich dort zu finden
Im Glanz und der Verklärung.

Gallikan Es ist zu blöd.

Diokletian Das ist meine Meinung, machen wir ein Ende. *Zum Henker* Wirf die Ungeratene vom Stadtturm, und den Kopf des Feldherrn kannst du, wenn du ihn abhast, auf einer Lanzenspitze dem Heer zeigen.

Henker Hören ist gehorchen, aber wen behandle ich als ersten?

Gallikan Mich natürlich. So viel Schonung sollte selbst dein schurkisches Herz zu fühlen wissen.

Henker Lieber Herr, was nennst du Schonung? Mancher sagt, einen Nu länger gelebt ist ein Dreck aber so viel wert wie tausend Leben, mit dem Nichts verglichen, und mancher wieder denkt sich, wenn schon ins Gras gebissen sein muß, dann besser hopp hopp. Die Frage ist nicht leicht zu beantworten.

Gallikan Keine Frage ist es.

Henker Das mag sein, aber über die Fragen, die ich aufgebe, wird nachgedacht. Mein Beruf bringt mit sich, daß ich fast nur mit reizbaren Leuten zu tun habe. Trample nicht mit den Füßen, Fräulein, iß deinen Bonbon herunter. Es ist keine Abhilfe, und du gehst jetzt mit. *Mit Rosvitha nach oben.*

Rosvitha Weißt du nicht, daß ich nur einen Finger zu spreizen brauche, um so sanft wie das Blütenblatt einer Lilie zu Boden zu schweben?

Henker Versuche es nur ruhig.

Rosvitha Ja, ich werde mich hüten. Gallikan.

Gallikan Was, Rosie?

Rosvitha Gleich hören wir sie.

Gallikan Wen?

Rosvitha Die Musik der Sphären.

Gallikan Bestimmt, Rosie. Stirb schön, Rosie.

Rosvitha Stirb schön, Gallikan. *Ab.*

Gallikan Höchst abgeschmackt. Man stirbt für einen Gott,
Den es nicht gibt, verfolgt von einem, den
Es auch nicht gibt. So jagen Schatten Schatten.
Er ist ja so viel besser als das Leben.
Der Tod, er ist kein Irrtum, wie man sagt.

Henker.

Henker Jetzt – *er fällt hin* – du.
Köpft den Gallikan, zeigt sein Haupt auf einer Lanze herum.
O Herr der Welt, nun hätt ich Anspruch,
Denk ich, auf Lohn. Mein Werk ist abgeliefert.

Stimme Den Lohn, der dir gebührt, empfange ihn.

Auftritt ein Blitz und zerschmort den Henker.

Diokletian Erledigt denn. Mit was man sich so aufhält.

Baumeister.

Baumeister, bist du fertig? – Römer, hört
Ein Kurzes noch von mir, es ist ein Abschied.

Mich juckt das Herrschen nicht so sehr, daß nicht
Ich einen andern Ehrgeiz vorzög: Kaiser
In Rom gewesen sein und unermordet.
Ich ließ ein Hüttchen bauen zu Spalatum.
Dorthin will ich mich abziehn, Wirsing pflanzen
Und hinaltern, kaum froh, doch ungeplagt.
Ab. Kommt wieder
Ach ja, die Krone. Nehm sie, wer sie mag.
Stellt sie auf den Thron. Ab.

Verwandlung: Himmel. Eine einförmig und mechanische Musik. Gallikan; er trägt die Lanze mit seinem irdischen Kopfe.

Gallikan *zu seinem Kopf*
Ich schütt mich aus. Mann, Mann, es gibt ein Jenseits.
Der größte Possen, Mann, in deinem Leben
Kommt nachher. Ists ein guter oder schlechter?
Nimm dich zusammen, Mann, es ist ein Possen
Auf deine Kosten, und da lacht man leicht
Zu säuerlich, doch ehrlich: der ist gut.
Da stakest du im Kot und mühtest ab
Am Kleinen dich und blicktest weg vom Nichts,
Von dem du wußtest: es verschlingt auch das,
Und bändigtest die Träume, denen nach
Zu hängen süß und zu bequem war, und du warst
Bereit, ins Nichts zu gehn am Ende, wissend,
Du kamst von da, und dann, ich schütt mich aus,
Stehst du bei deiner Seele, Gallikan,
Hörst die Musik der Sphären, und es gibt,

Was es nicht geben kann, Vollkommenheit.
Vollkommenheit? Ja aber, wo ist Rosie?

Rosvitha, den Turm im Arm.

Gallikan Gott sei gepriesen, also doch nicht.

Rosvitha Doch nicht, was?

Gallikan Ich fürchtete, du seiest in der Hölle.

Rosvitha O Gallikan.

Gallikan Ja, schließlich haben sie dich vor mir abgeschickt.

Rosvitha Aber ich bin unverzüglich hergekommen. Ich habe mir rasch das Kleid durchgewaschen, man kann ja im Himmel nicht mit dem halben Stadtgraben am Rock herumlaufen, und ich habe mir ein oder zwei Sekunden lang vorgestellt, wie es sein wird, wenn Jesus mir seine liebenden Arme öffnet; das bißchen Zeit muß ich mir schon nehmen, jetzt wo es soweit ist. In der Hölle, hast du gedacht? Pfui, Gallikan, es spricht nicht für deinen Charakter, was du so alles von mir denkst. Ich hätte mir die ewige Seligkeit verdient, möchte ich behaupten. Eher als du.

Gallikan Ich habe sie überhaupt nicht verdient, soweit ich sehe.

Rosvitha Die Gnade, Gallikan, die Gnade. Du bist nun wohl überrascht, was?

Gallikan Darauf kannst du wetten.

Rosvitha Weil du mir nie glauben wolltest. Und nun ist alles gekommen, wie ich es dir erklärt habe, und wir sind auferstanden.

Gallikan Ja, Rosie.

Rosvitha Im Fleische.

Gallikan Ja, Rosie.

Rosvitha: Aber wir sind nicht, wie es doch geschrieben steht, unendlich viel schöner geworden. Wir sehen aus wie immer.

Gallikan: Vielleicht gibt es an dir nichts zu verschönern.

Rosvitha: Aber jedenfalls an dir doch, nicht wahr? Du hast immer noch dieselbe Warze an der Nase, allerdings steht sie dir auch wieder nicht übel. Sie wird im Zusammenhang nötig sein. Ach, Gallikan, wir brauchen bestimmt noch eine Weile, bis wir die Vollkommenheit ganz begreifen.

Gallikan: Du hast sie immer begriffen, Rosie. Du gehörst hier hin. Du bist hier zuhause wie das Schwälbchen auf der Himmelspforte.

Rosvitha: Ja, schon. Was ist das für eine langweilige Musik?

Gallikan: Die Musik der Sphären.

Rosvitha: Sie ist wohl sehr erhaben?

Die Jungfrau geht des Wegs.

Rosvitha: Ach, liebe Frau, bitte ...

Jungfrau: Mein Kind?

Rosvitha: Ob du ... ich weiß nicht, wie ich dich anreden muß.

Jungfrau: Keine Förmlichkeiten hier. Sag einfach Frau Stiftsäbtissin oder ehrwürdige Mutter, und sonst keine Umstände.

Rosvitha: Ob du mir sagen könntest, ehrwürdige Mutter, wo wohnt Jesus?

Jungfrau: Ah, ihr seid Galiläer? Da habt ihr es richtig getroffen, da sind wir zuständig. Kommet denn zu mir ins Stift, es liegt in der Gasse am Fuß des Burgbergs, Sprechstunde ist alle Ostern.

Rosvitha Ostern, meine Mutter? Das ist in einem dreiviertel Jahr.

Jungfrau Ein bißchen Geduld, Kind, war ja noch nie ein Fehler.

Rosvitha Noch Geduld?

Jungfrau Aber was tragt ihr da beide im Arm? Zeichen?

Gallikan Von einem Unfall.

Jungfrau Märtyrer? Dann steht die Sache anders; Märtyrer werden natürlich bevorzugt abgefertigt. Nur, bitte, macht euch keine übertriebenen Hoffnungen. Es kommen jetzt ziemlich viele, ihr versteht. Ei nun wie immer, folgt mir getrost; es wird sich schon etwas für euch finden.

Der Henker, reich gekleidet, betrunken und zu Roß; mit ihm Paul, Ernst, Gotthold.

Henker Schönen Gruß, Mütterchen, ich grüße dich. Seht her, Leute, sie grüßt mich nicht wieder. Es fehlt uns, wie wir hier vorbeiziehn, an Bewußtsein. Spei drauf. Wer ist die Dirne; sie erinnert mich an wen; sie darf bei mir aufsitzen und sich einen lustigen Tag machen, wenn sie will. Bist du schon einmal auf einem Pferd geritten, Mäuschen?

Gallikan Kerl, ich zerspalte dir den Schädel.

Jungfrau Still, laß ihn prahlen. Er ist betrunken und wird weiterreiten.

Gallikan He.

Henker He, was?

Gallikan Fall nicht vom Pferd.

Henker Spaßvogel.

Der Trupp ab.

Rosvitha Frau Äbtissin, sind wir ... Sind wir wirklich im Himmel?

Jungfrau Ei freilich, im Himmel.

Rosvitha Und diese ebenfalls?

Jungfrau Gewiß. Alle kommen in den Himmel, wo sollen sie sonst hin? Wir unterhalten, das versteht sich ja von selbst, keinen Umgang mit ihnen, wenigstens nicht für die ersten zwei-, dreihundert Jahre.

Rosvitha Aber wo wohnt Jesus?

Jungfrau Mein Sohn?

Rosvitha *fällt auf die Knie* Heilige Jungfrau: wo wohnt Jesus?

Jungfrau Jesus, aber den haben die Bischöfe gegessen, weißt du das nicht?

Gallikan Und Gott?

Jungfrau Wo Gott wohnt?

Gallikan Ja.

Jungfrau Wer kann denn sagen, wo Gott wohnt? Sicherlich im Himmel.

Rosvitha Aber wir sind im Himmel, sagst du.

Jungfrau In diesem. Der hier herrscht, heißt Aeon oder Längere Zeit, und im nächsten Himmel regiert ein gewisser Nous, was meist mit Verstand übersetzt wird, das immerhin scheint festzustehen, aber Gott? Es gibt so viele Himmel, doch kaum weniger als sieben, wenn das schon reicht. Einige vertreten die Meinung, es walte ein ungezeugter Vater, ganz oben, und durch Unverdrossenheit und reines Dranbleiben gelange man zu seiner Erkenntnis. Die Lehre ist ja in sich nicht unstimmig, aber sie haben natürlich keinerlei Beweise.

Rosvitha Und du selbst? Glaubst du an Gott?

Jungfrau Ich, an Gott?

Rosvitha An Gott oben.

Jungfrau Je nun, mein Kind, ich denke, man muß glauben, wenn man noch kann. Wollt ihr mir nicht folgen?

DAS ENDE

Zehn Zeilen über „Rosie träumt“

I

Dies ist die Liebesgeschichte zwischen einem Mann von dem entschlossensten Hange zum Durchführbaren und einem Mädchen von der Apo . . .

II

Ich halte schon inne; der Satz stimmt mich nachdenklich. Ich muß meine Schwierigkeit erörtern, bevor ich weitergehe. Was ist es? Eine Liebesgeschichte, oder die Geschichte des Kampfes zweier politischer Haltungen? Nun ja, es ist beides, aber man macht das doch nicht mehr. Die Gewohnheit des alten Dramas, seine ernsten Vorschläge auf dem Laufband einer Herzensverwicklung zu befördern, ist aus dem Schwang gekommen. Wir neigen heute dazu, einen geschlechtlichen Vorgang ebenso wie einen gesellschaftlichen Vorgang aus seinem jeweils eigenen Widerspruch heraus zu bewegen, nicht den einen mittels des anderen; wir trennen die Seelenhandlung von der öffentlichen. Wir machens anders, machen wir es richtig? Ach, ich wollte zehn Zeilen schreiben. Warum verfalle ich nur immer auf was?

Die alte Machart hat ihre erkenntlichen Vorzüge. Goethe pflegte zwischen günstigen und ungünstigen Stoffen zu unterscheiden: solchen, mit denen der Dichter schwimmt, und solchen, gegen die er, wobei er viel Kraft vergeudet, anschwimmen muß. Bei sonst gleicher Tauglichkeit zweier Stoffe wählt ein vernünftiger Dichter natürlich den günstigen. Sehr offensichtlich sind Liebesgeschichten immer günstig. In jedwedem Menschen nagen Wünsche, die Liebe betreffend; so haben Liebesgeschichten stets die Aufmerksamkeit des Zuschauers. Sie sind eine süße Kapsel, die geschluckt wird, was auch an Bitterem oder Unerlogenem sie enthalten. Und sie haben, gleich dem Kriege, dem sie ja überhaupt in mancher Hinsicht ähneln, stets die Anlage, in Fabel auszubrechen.

Das klassische Muster, eine Absicht von Wert in eine Liebesgeschichte zu verkapseln, war die Vormundfabel. Ein Vater hat erstens ein Kind und zweitens einen Weltzweck. Er verlobt das Kind einer Person, welche seinen Weltzweck zu fördern verspricht. Das Kind indes liebt eine andere Person: eine dem Zweck des Vaters entgegenwirkende. Der unglückliche Vater bekämpft die unerlaubte Neigung, das Liebespaar das väterliche Verbot usw. Mittels dieses Grundrisses ließen Fragen sich ohne alle Mühe fabelfähig machen; der Leser hat sicher sogleich die Dramaturgie von „Kabale und Liebe“ erkannt. Worum es dem Autor immer zu tun war – ein Vormund, der anders wollte, und das Stück war fertig.

Das ging also prächtig, und es hat aufgehört zu gehen. Kein Mensch kann in unseren Tagen einem Menschen Liebe im Ernst befehlen oder untersagen. Ich schmarotze von Hrosvith; ich bin hocherfreut, bei ihr noch Väter von dem alten, tüchtigen Schrot gefunden zu haben. Aber unstreitig ist dieser Haupthebel, eine Liebe in ergiebige Zwangslagen zu versetzen, für alle Zeit kaputt. Wir hätten hier eine Erklärung für die Trennung von Liebes- und sonstigen Angelegenheiten; ich denke, die Erklärung reicht nicht hin.

Derselbe Gegensatz nämlich, auf dem die Vormund-Dramaturgie baut, erscheint, in minder dringlicher, dafür aber reicherer Gestalt, in dem Gegensatz von Pflicht und Neigung. Anstelle des Vaters treten andere befugte Mächte. Im Standesunterschieds-Fall ist es die gesellschaftliche Gruppe, im Fall von Liebe gegen die eigene Überzeugung sind es die Einrichtungen der Überzeugung, welche, auch äußerlich, die Liebe erschweren; beide lassen sich in handelnden Menschen verkörpern. Ein berühmtes Beispiel vorgedachter Gegensatzlagen ist der „Einundvierzigste", (und mit der besonderen Verumständung der Revolution ist lediglich der ästhetische Zwang zum tödlichen Ausgang vorbei, nicht der Gegensatz selber). In solchen Stücken brechen das Bedürfnis, sich liebend als Individuum zu verwirklichen, und das, sich denkend und handelnd in der Welt zu verwirklichen, feindlich auseinander; eben in der Kluft zwischen Mensch und Gesellschaft wurzelt aber Drama doch.

So wie die Vormundfabel ins weinerliche Lustspiel kann die Pflicht-Neigung-Fabel ins Rechenkunststück des barock-stoischen Tugendgeklappers herabsinken. Aber wer davon nicht mehr ahnt, kennt die französische Klassik nur aus dem Lessing oder verwechselt sie mit ihren dogmatischen Nachahmern. Wenn die Franzosen gewiß schwächer sind als Shakespeare oder die Griechen, so sind sie doch die Schule, die unseren jetzigen Gesellschaftszustand mehr angeht als jede andere. Erinnern wir bloß den „Horace", und was man bisher an ihm verstanden hat. Wie dialektisch ist Corneille im Vergleich zu dem Kinderstück von Brecht; wie politisch ist Corneille im Vergleich zu dem Kinderstück von Müller. Auf „Rosie" zu kommen, – die Neigung meiner Helden ist, auf beiden Seiten, eine gegen die Pflicht, und betroffen sind, so wie es sich auf dem Theater schickt, keine minderen Dinge als der Gottesstaat und die Grundlagen des römischen Weltreichs.

Dieser Widerspruch also ist gesellschaftlich unverstorben, und ebenso unverstorben und ewig ist die Dreiecksgeschichte. Zwei kämpfen, einer hat zu wählen. Vertreten die streitenden Bewerber einen inhaltlichen Anspruch, so ist der, der wählt, in einen inhaltlichen Zwiespalt gesetzt. Nur ein Narr hätte Lust, die Gründe dingfest zu machen, aus denen man liebt; findet man zehn heraus, hat man hundert übersehen. Aber wenn sie sich niemals bestimmen lassen: trennen lassen sie sich. Das Muster des Dreiecks zerlegt die menschliche Seele, dieses tausendfädige Gefilz von Vernünftigem und Vorvernünftigem und Unvernünftigem, grausam und keineswegs säuberlich in Hälften, welche, aus eigenem wie aus fremdem Trieb, sich als Fabel bewegen wollen. Mir fällt ein: „Rosie" ist auch eine Dreiecksgeschichte. Gallikans Nebenbuhler ist Jesus.

Ich habe mich der Tatsache versichert, daß von den drei Möglichkeiten, Bedeutsames in eine Liebeshandlung einzubringen, zwei noch zur Verfügung sind. Die Ursache der Unlust an ihnen habe ich noch nicht heraus. Warum zögern die Dramatiker? Der ehrenhafteste Grund der Scheu ist vielleicht der: wir haben die Liebe unlängst erst als eine zwischenmenschliche Beziehung von höchstem Range entdeckt. Ist die Liebe, so fragen wir, nicht in sich selbst Wert genug, um nicht als Anlaß zur Erörterung anderer Werte mißbraucht zu werden?

Die Frage, so gestellt und in der Form bejaht, würde Stücke zur Folge haben, die ihren stofflichen Bedarf ausschließlich den Begebenheiten einer Liebe entnähmen. Ich setze, man sollte die Art Stücke schreiben. Wie schreibt man sie? Nun, man schreibt sie, indem man zwei Leute von solcher Beschaffenheit erfindet, daß der Zuschauer das Verlangen hat, sie miteinander vereinigt zu sehen, und indem man es ihnen nicht erlaubt. Sobald sie miteinander vergnügt sind, ist das Stück zu Ende. Es gibt eine Menge Sachen, deren Darstellung der dramatischen Kunst unmöglich ist; zu ihnen gehört ungetrübte Liebe. Turteltauben sterben auf den Brettern. Kein Theaterdichter, der größte nicht, ist vermögend, ein Paar auch nur eine Szene lang einfach glücklich sein zu lassen. Er muß seinen Liebenden einen Schaden zufügen, einen innern oder einen von außen. Es kann genügen, wenn sie, wie Romeo und Julia, zu wenig Zeit haben. Aber wie immer man es anfängt; das Drama weiß von keiner Liebe ohne Liebeshindernis.

Das Liebeshindernis wiederum kann, abgesehen von seinen Auswirkungen auf die Liebe, als solches von Wichtigkeit sein oder auch von keiner. Bekanntlich zieht das Drama wichtige Dinge weniger wichtigen vor. Es liegt also näher, die Liebe durch Umstände von eigenem Ernst zu stören, als durch Beiläufiges und Zufälliges. Kurzum, ich führe, um eine reine Liebesgeschichte bühnenfähig zu machen, einen gesellschaftlichen oder philosophischen Inhalt zusätzlich ein. Aber ist ein solcher Inhalt, so frage ich, nicht in sich selbst Wert genug, um nicht als bloße Ermöglichung einer Liebesgeschichte mißbraucht zu werden?

Ich fange an, mich wohler zu fühlen. Meine widersprüchlichen Fragen heben einander auf. Die Liebe und die Welt sind sicher zwei sehr verschiedene Sachen, aber keine von beiden, finde ich, will gern voran ohne die andere. Wenn Liebe eben dadurch menschlich wird, daß sie, über das körperliche und gemütliche Einzelne hinaus, das Allgemeine mit umfaßt und mitmeint, ist möglicherweise nicht nur zulässig sondern vielmehr im höchsten Grade menschlich, wenn, in einem Kunstwerk, eine Liebesgeschichte und eine Erörterung von Umfang zusammentreffen, einander dienen und sich gegenseitig in ihrer Bedeutsamkeit verstärken.

Für den eigentlichen Grund der Trennung der Bereiche vermag ich nun also doch weder die Änderung der Sitten (und die dadurch angeblich bewirkte Hinfälligkeit gewisser dramaturgischer Muster) noch die unbedingte Hochschätzung beider, der Liebe wie der Politik, (welche angeblich die Pflicht zur stofflichen Absonderung beider zur Folge haben muß), anzusehen. Der eigentliche Grund, so will es mir scheinen, liegt, sehr im Gegenteil, in einer mißlichen Beziehung der Dramatiker sowohl zur Liebe als auch zur Politik.

Erst die Gesellschaft hat ihre volle Wirklichkeit, deren Formen in den alltäglichen Haltungen ihrer Mitglieder angesiedelt sich wiederfinden; wo nicht, ist sie nichts Besseres als ein mit Zwang und Papier eingerichteter Widerspruch von Schein und Sein. Umgekehrt hat erst die private Haltung ihre volle Wirklichkeit, die gleichermaßen als gesellschaftliche aufrechtzuerhalten geht. Künstler sind, weil ihnen andernfalls nichts einfiele, ehrliche Leute; sie sind zur Aufrichtigkeit verdammt. Wenn sie ihre Gesellschaft und ihre Haltungen als nicht in der Ordnung empfinden, weigern sie sich, sie als in der Ordnung zu malen. Ihr Mißtrauen in die menschliche Seite der Gesellschaft bringt sie dahin, die Gesellschaft zu soziologisieren; ihr Mißtrauen in die gesellschaftliche Seite der Liebe läßt sie die Liebe psychologisieren. Sie wollen beides so allzu rein, damit es ihnen nicht allzu wirklich gerät. Das ist der Grund. Ich halte ihn für, wie die Dinge liegen, verständlich. Ich halte ihn, selbst angesichts der Lage der Dinge, für schlecht. Mit anderen Worten: ich habe von meiner Schwierigkeit die Ursache, aber für die Kunst ist eine Ursache noch lange kein Grund. Ich bin beruhigt und kehre zum Gegenstand zurück.

III

Dieses Lustspiel, begann ich, ist die Liebesgeschichte zwischen einem Mann von dem entschlossensten Hang zum Durchführbaren und einem Mädchen von der Apostolischen Richtung. Es spielt bei traurigen Zeiten. Rom geht unter. Meine Helden weigern sich, den Untergang mitzuvollziehen; ihre Weigerung offenbart die angelegte Größe des Menschen. Da die allgemeine und totale Krise des Imperiums ihnen echtes Handeln verwehrt, muß ihre Kraft sich aus Illusion speisen. Kein Ziel ist erreichbar; ihr aufs Ganze gerichtetes Streben spaltet sich in Teilziele, die unversöhnlich sind; so werden sie selbst unversöhnlich. Ich muß ihre Illusionen zerstören und sie auf die Weltgeschichte verweisen, um sie am Ende zusammenzubekommen.

(IV

Hrosvith übrigens, – ich besorge, sie wäre mit mir nicht recht froh. Ich habe ihren Standpunkt in Zweifel gezogen. Ich habe sie von dem göttlichen Platze des Autors auf den anfechtbaren eines Schäfchens zu seiner Ultralinken zurückversetzt. Über den einen Punkt immerhin – die Notwendigkeit von Liebe im geistlichen Theater – sind die Erfinderin des deutschen Schauspiels und ich einig).